# 櫻花莊的寵物女孩

1

鴨志田 一
Hajime Kamoshida

插畫 溝口ケージ
illustration Keji Mizoguchi

「我說啊！妳好歹也穿個內衣之類的吧！」
神田空太
水明藝術大學附屬高校普通科二年級生。
無法丟棄撿來的貓，
因而住進問題人物的巢穴櫻花莊。
擅於照顧人而被任命照顧真白。住在101號室。

「因為空太沒幫我拿出來。」
椎名真白
插班後即住進櫻花莊的美術科二年級生。
雖然是世界聞名的天才畫家，
但缺乏常識到連內褲都無法自己挑選。
常有少根筋的煽情發言，把空太耍得團團轉。住在202號室。

「學弟每贏一次，我就脫一件的規則如何！
這樣也能做好萬全的眼睛保養對策！
讓你大飽眼福！血脈噴張！

令人眩目的青春的性！
立刻升級到大人的階段！
慾望的連鎖！」
上井草美咲
美術科三年級生，住在櫻花莊201號室。
除了是十年來唯一擁有獲得美術科獎學金實力的人，
也是個因為老做動畫而被剝奪這個權利的怪人。

普通科三年級生，美咲的青梅竹馬。志向是成為劇本家，
負責美咲的動畫劇本，同時也是個可怕的花花公子。
住在櫻花莊103號室。
「神田同學到底打算在櫻花莊待到什麼時候？」
青山七海
普通科二年級生，空太的同班同學。
同時也在訓練班上課，目標是成為聲優。
打工賺取生活費及訓練班學費，是個努力不懈的人。

三鷹 仁
「至少比這個無聊的現實
要好多了吧？」
「志願調查什麼的，
隨便寫個飛行員就OK啦！」
千石千尋
擔任櫻花莊監督工作而住在裡頭的美術老師。
視聯誼如命，自稱二十九歲又十五個月。
是真白的表姊，硬把照顧真白的工作塞給空太。

CONTENTS

# 櫻花莊的寵物女孩 1

Kadokawa Fantastic Novels

某天成了大人以後……
如果回想起在櫻花莊所度過的時光，會想起什麼呢？
會因為大家都是笨蛋而感嘆嗎？
還是會先想起那段熱鬧又快樂的日子而感到懷念呢？
如果兩者皆是，就沒什麼好多說的。
因為，在這裡的每一天確實是最棒的。

# 第一章 歡迎來到櫻花莊

# 1

睜開眼睛，白色渾圓的屁股就在眼前。

「……小光，又是妳嗎？」

叫了她的名字，她發出依偎般撒嬌的聲音搔著耳朵。

神田空太完全不予理會，用手把小光擠過來的屁股推開，從灰色的地毯上起身。硬是被吵醒的小光鬧彆扭地出了聲，但只得到嘆氣作為回應。

「真是悲慘……」

空太瞇眼看著炫目的窗外，西邊的天空彷彿告知世界末日般火紅地燃燒著。

「醒來只看到貓的屁股……我的青春真是太悲慘了。」

面對湧上來的虛脫感，空太用手遮住了臉。

「會脫口而出青春這字眼搞不好還更悲慘……」

彷彿贊同這意見般，坐在膝蓋上的白貓小光打了個呵欠。接著，在六張榻榻米大的房間裡，其他六隻貓開始合唱著要飯吃。

白的、黑的、花色的、茶色的、焦茶色的，還有暹羅貓，加上類似美國短毛貓的，種類眾多共有七隻，全都是空太撿回來的棄貓。他還規矩地幫牠們取了名字——小光、希望、木靈、小翼、小町、青葉、朝日（註：皆為日本新幹線列車名）。

面對要求吃飯的貓咪們，空太則以肚子咕嚕作聲回應牠們：「主人也正餓著肚子。」

春假最後一天，四月五日，下午五點。

被夕陽染紅的兩層木造破爛公寓，就是水明藝術大學附屬高等學校的學生宿舍。宿舍名叫櫻花莊，大概是取自庭院裡的大棵櫻花樹吧。

廚房、飯廳及浴室共用。

走到學校需十分鐘，徒步至最近的車站也是十分鐘。

其中的101號室，就是從這個春天起成為二年級生的神田空太的巢穴。

牆壁上貼著「目標！脫離櫻花莊！」是空太今年第一個寫下的想法，光明磊落地以文字呈現出來。

空太當前的目標，既不是交女朋友，也不是到甲子園，當然也不是國立競技場，更不是全國高校綜合體育大會；而是脫離這個宿舍。

原因在於這個櫻花莊跟一般的宿舍有些不同。

這裡集結了在一般宿舍的共同生活中格格不入的學生，並做為讓他們改過自新的處所。簡單地說，就是問題人物的巢穴。不同於一般宿舍，沒有女舍監也沒有餐廳，煮飯、洗衣、打掃等所有家事都必須自己動手做，所以非常麻煩。學校方面的說辭是「為了促進獨立」，但空太認為其實應該只是找不到人來幫忙而已。

畢竟櫻花莊具有光是亮出名字，就足以讓即使是朋友都退避三舍的破壞力。

更麻煩的是每個月一次強制參加的校外清掃活動。正如其名，就是擔任步行撿拾學校周邊垃圾的義工，不過由於是以連大人都需花費三十分鐘才能走完的大學校地為基準的「周邊」，所以是必須花上整整一天的大工程。每次結束後隔天，雙腳肌肉都會酸痛。

在這樣惡名昭彰的宿舍裡，現在正住著男女共四名學生，以及一名擔任監督職務的教師。

空太就是其中一名學生。

去年夏天，他被校長親自召見、被迫做出選擇。

「神田空太同學，讓你選擇要丟掉貓或搬出宿舍。」

「那麼，我搬出宿舍。」

空太正值想試著反抗權威的年紀，在校長話都還沒說完前如此宣示，當天就被趕出了一般宿舍。

空太現在覺得自己在人生最大的分歧點上，做了完全錯誤的選擇。之後立刻召開腦內會議，爭執著到底是誰該負責任。最後結論應該是前額葉的錯。

當時還只有白貓小光一隻，只要拚命找人認養，應該就能完全解決宿舍的問題——空太遭到流放後，曾被櫻花莊的先住民三鷹仁這麼吐槽，讓他三天都無法從打擊中再站起來。

因此，現在還在招募飼主中。

只是不知道怎麼回事，在那之後的幾個月，貓的數量不減反增，應該是哪裡出了錯。

只覺得像是受到詛咒般的高頻率，空太所到之處必有棄貓，所以也沒辦法。曾試過一次假裝沒看見，但才剛離開紙箱三步遠，就因為內疚不安而屈服。

不知道是不是擔心正在想事情的空太，希望跟木靈也跟在小光之後依偎著靠過來。

「你們不要黏我太緊，我現在正在找飼主，分開的時候我可是會哭的喔。我哭的樣子很難看，你們一定會倒退好幾步的。」

也不知道貓咪們有沒有聽懂，牠們又轉而洗起臉來。

空太嘆了口氣，把視線轉向暗紅色的天空。

眼看春假今天就要結束了，沒辦法過得更有意義嗎？空太被夕陽照耀著，發出了乾笑聲。

這時背後的床上傳來另一個聲音。

他忍住想抱頭煩惱的情緒回過頭去。

想起了自己為什麼睡在硬梆梆的地板上。

原本應該是空太為貪圖安眠而存在的床鋪上，一名美少女擁有像在盤算著什麼的貓咪般的嘴巴，正以胎兒的姿勢睡在上頭。總之，就是貓之女王。外表看起來是健康且正統、充滿魅力的美國短毛型，制服短裙底下毫不吝惜地露出柔軟的大腿，上衣襯衫開著兩顆釦子的縫隙間，可以看到被雙臂擠壓而變得明顯的乳溝。

如果是一年前的空太看到眼前這幅光景，大概會忍不住吞口水，並且可笑地胡亂發出慘叫聲吧。

但是，被流放到這個櫻花莊過了半年以上，現在的他已經不會因為這種程度的事而變得驚慌狼狽了。

「美咲學姊，請趕快起床吧。」

忍住自己內心的動搖，呼喚著床鋪的主人後，上井草美咲就像野生動物般柔軟地伸著懶腰起床。

襯衫下襬被往上拉，露出令人忍不住想衝上前去抱住的小蠻腰曲線，以及隱約可見的可愛肚臍。就連睡得亂翹的髮絲，都不可思議地凸顯了美咲的可愛。她如果與十個人擦身而過，這十個人必定都會回過頭來多看她一眼。

基本資料數值也是超群，身高１５６公分，體重46公斤。三圍由上而下是87、56、85，以高三生來說已經是最終型態。

美咲毫無自覺地散發自己的魅力，一邊將睜大的眼睛看向空太。

「我將來想成為新娘子。」

「夢話請在睡覺時說，這是這個世界的規矩。」

「那麼，我當新娘子，學弟就是丈夫囉。那我們就從你下班回家的地方開始。」

「怎麼會搞得跟相聲套招一樣啊！」

「你回來啦，親愛的。今天回來得比較早呢。」

「還真的要玩啊！」

「要先吃飯？洗澡？還是～～兜、襠、布？」

「這裡是哪裡的相撲部屋（註：培養相撲選手的機關或團體）啊！」

「還是鬃、刷、子？」

「妳就直接說，還是要、吃、我（註：與兜襠布、鬃刷子日文音相似）就好了吧！老公才剛回家就打算叫他去刷洗浴室嗎？」

「就算是樹懶，交尾時也是會情緒高漲的吧？」

「話題跳太快了！」

「你反應太慢了～～以我跟學弟你的交情來說，你一定要緊緊跟上才行。」

美咲手指著空太，在語尾加上愛心符號，像教訓惡作劇的孩子般使了個眼色。

到底要怎樣才能剛睡醒就如此情緒高昂？

「……總之，早安啊。還有，我說過很多遍了，要睡覺請在自己的房間睡。」

「如果被敷衍了事，雌性是不會善罷干休的。」

「還在繼續樹懶的話題嗎！」

「如果欲求不滿就太可憐了。」

「雌性也是死魚樣，所以彼此彼此吧。」

空太終於放棄而開始搭腔。

「那我們繼續昨天的吧。」

但美咲完全無視於剛剛的對話，在電視前佈起陣勢來，抓起遊樂器的控制器按下電源。發出嗡的啟動音後，系統開始運作，叩叩作聲地讀取ＲＯＭ。

在出現標題畫面前，空太伸手關掉了電源。

「啊～～你做什麼啦！」

美咲鼓起兩頰抗議著，她生氣的表情也很可愛。還有稍微往上看的視線，讓人忍不住想露出笑容。

但是，不能被騙了。

「樹懶到哪裡去了？」

「咦～～可是那個話題又不有趣。」

「還不是妳先提出來的！」

「可是，來玩電動吧。」

「接續詞用錯了吧！而且昨天，更正確的說法是前天就開始玩電動玩到快死了。具體來說已經持續玩了三十六小時！光是看到畫面，就覺得今天好像會吐出來！眼睛會爛掉！如果再受到電視電磁波毒害，我有把握自己一定會化成沙子或鹽巴！」

他之所以會在地板上醒來，就是因為打電動打到睡著了。

美咲再度打開電源。

「好～～那麼，學弟每贏一次，我就脫一件的規則如何！這樣也能做好萬全的眼睛保養對策！讓你大飽眼福！血脈賁張！令人眩目的青春的性！立刻升級到大人的階段！慾望的連鎖！」

「比起學姊脫衣服，剝洋蔥還比較能讓海綿體充血呢。」

「因為『哇！有白色的東西跑出來了！』是吧？真是不容小覷呢。但是，對蔬菜感到興奮也只能到中學二年級為止喔。草食系男孩是不行的，一定要貪婪地狼吞虎嚥。高中生果然還是要有肉！肉！來吧，學弟，讓我們一起前往肉慾的世界去旅行吧！耶──！」

美咲說著挺起豐滿的胸部，乳房在衣服底下像布丁似地晃動。可悲的男人本性，讓他忍不住直盯著瞧。

即使如此，空太還是拚了命反抗。

「包含妳那露骨、感受不到絲毫羞恥心的部分在內，我實在沒辦法認為學姊是女的！拜託妳饒了我吧！請不要再展現那麼多餘的可愛了，我會變得不信任女性的。真的拜託妳了。」

「我們兩個終於跨越男女性別的那道牆，成為了好朋友。恭喜！今天來慶祝吧。讓我們打電動打到天亮！」

「這一點都不值得恭喜！這是哪門子的經驗值補正才得到這結論的啊！外星人趕快滾回外星球去！」

這個春假空太持續著每天被迫陪美咲到天亮、然後昏睡過去的日子，所以希望至少今天能平穩、安靜地度過。

「學弟想說的話就只有這些嗎！」

「如果妳以為只有這些，那就大錯特錯了！妳這傢伙！一直以來，學姊都太過我行我素了！妳以為這裡是自由的國家嗎！」

「那我們就用電動來做個了斷吧！揭開血債血償的大戰序幕！直到一方被消滅為止，這場戰爭是不會結束的！」

「求之不得……不對，我已經說了今天不打電動了吧！」

本以為美咲會生氣地瞪人，但她卻迅速地從遊樂器中取出ＲＯＭ。她完全不理會對話撲了個空的空太，反而放入了一片樣本光碟。

「哼哼，算了，算了。既然你討厭電動也沒辦法，那就幫我看看樣片。」

本以為是什麼東西，就看到畫面上出現像老電影開頭倒數五秒的影像。

「該不會是新作品吧？」

「前天早上剪輯好的，是現採現摘最新鮮的呢。請享用吧。」

「真是經過一段有些失去新鮮的時間呢。」

最後一秒倒數完，電視畫面上出現美咲獨自製作的原創動畫。因為是錄音前，當然還沒配音，所以沒有語音、音樂及效果音。即便如此，仍能感覺到內容動作流暢、具躍動感，且非常有魄力。甚至將2D人物融入3D背景中，也能展現毫無不協調感的最先進影像呈現，人物及背景都描繪得細膩謹慎。節奏適當的分鏡加上獨特的構圖，還直接挑戰了消耗大量卡路里的麻煩作畫。實在看不出來是單憑一己之力所製作的，當然也非外行人的水準，而是超一線等級的品質。

藝術大學附屬高校又通稱為「水高」，這裡除了空太所屬的普通科以外，還有以十名少數菁英為教育方針的音樂科及美術科。聚集了來自全國各地的高手學生，僅有在極為離譜的錄取率中脫穎而出者才能入學。

美咲就是其中一人，美術科三年級生。

而且她除了是十年來唯一擁有獲得美術科獎學金實力的人，也是個因為老做卡通動畫而被剝奪這個權利的怪人，因而非常有名。

「好棒啊。」

對於空太這種誰都會說的感想，美咲沒有反應。她正在空太的旁邊忙著以自己的嘴來製作擬聲及音樂。

「磅！磅！鏗！劈哩哩哩！恰～恰啦啦啦。『你的命運到此為止了！』鏗～劈鏘～～答答啦噹噹噹。『太天真了。你只會說大話而已吧！』『你、你說什麼？』『把內褲脫了以後再重新來過吧。這乳臭未乾的小鬼！』嘟嚕哩啦啦啦……鏘鏘！」

不過，美咲的熱烈演出跟影像完全沒有關係。

在她腦內究竟有什麼樣不可思議的世界正在展開呢？

美咲逐漸冷靜下來的同時，畫面也暗了下來。

因為相當值得一看，所以五分鐘的影像感覺上有一倍以上的時間長。

「這個需要重製的程度超過我的預想呢。」

美咲將ＲＯＭ取出，彷彿可以聽到她沮喪垂肩的聲音。雖然講了很多亂七八糟的話，但該做的事還是都做了，確實令人驚訝。

「我倒是完全看不出來哪裡需要改。」

「你太天真了，學弟。當你以為已經完成的時候，真正的戰役才要開始呢。敵人就在自己心中啊！」

「喔、是這樣嗎？」

「啊、對了。這可不可以再請小七海幫忙後製錄音啊？」

所謂的小七海，就是一年級時與空太同班的青山七海。她將來想成為聲優，目前在訓練班上課。一年級期末的志願調查，她揚言大學要進戲劇學部；對於小七海這個綽號很有意見。

也許是藝大附屬學校的特殊環境影響，已經立定將來的目標而努力邁進的學生並不少見。在這個櫻花莊裡，也有以劇本家為志向而鎖定文藝學部的三年級生，還有已經以程式設計師之姿從事遊戲相關工作、誇口預定要進媒體學部的二年級生。

不同於有明確生涯規劃的他們，空太的志願調查繳了白卷。記得當時放學後還被叫到教職員室，被交待為春假作業。

順便一提，大他一屆的美咲在志願調查欄裡填上「太炫目了看不見」，而同樣被叫到教職員室，受到比空太多三倍的說教。而當時說教的老師因為遭到美咲外星語的反擊，心靈受到無法抹滅的創傷，所以現在留職停薪中，暫無復職的打算。美咲的級任老師受到重創而再也爬不起來的情況，這已經是第二次，讓人不禁感到同情。

「如果只是去拜託她，倒是沒問題。」

「那就麻煩你了。收錄的時候也要幫忙喔。」

「妳要請吃學生餐廳的一頓飯。」

「那有什麼問題。」

事實上，這對美咲來說確實沒有困難。就算要求一整年的餐費，她大概也完全不痛不癢。去年夏天美咲在動畫網站上傳的三十分鐘長的動畫，瞬間獲得好評，點閱率突破百萬，馬上就有販賣公司來洽談商品化的事宜。今年一月以DVD發售，彷彿嘲笑著銷售不景氣的業界般，成為了暢銷超過十萬的作品。之前瞥見她的銀行戶頭裡，已有足以一直玩樂過活下去的數字。

劇本是由美咲那同樣住在櫻花莊的青梅竹馬三鷹仁所負責。

那是個以遙遠未來地球上的人工島為舞台，生長在島上、個性安靜的少年，與來自島外的少女邂逅所展開的科幻故事。

一開始兩人的關係發展順利，因為太過順暢而讓人覺得有些無趣。少年對於自己的情感完全不必煩惱，由少女主動告白而開始交往，初吻也是由少女主導。少年沒有痛苦也沒受到傷害。但是其中另有玄機，中途有了大逆轉。

某天，少年發現圍繞著自己的世界全都是「謊言」。少年所在的地方並不是地球上的人工島，而是飄浮在宇宙間的大型宇宙殖民地。地球因為人類所發起的可怕戰爭而變成無法居住的地方，這才是他所面臨的事實。

少年十六年來毫不知情，一直以為自己在地球上。這全部都是謊言，而且謊言並非只有如此。少年的父母並不是他真正的雙親；同學知道事實卻持續欺騙他。當然，少女的存在也是如此。一切都被設計過，少年這十六年來的人生是照著劇本走的。

世界政府為了消弭不斷發生的戰爭，所發現的人類革新——方舟計畫，養育出不知痛苦、悲傷、憎恨與憤怒的孩子，目的是除掉人類鬥爭的本能。人工島是為此存在的庭園；而少年是實驗的白老鼠。

就某種意義上來說，計畫成功了。少年面對事實不知作何反應，只是渾身顫抖。最後少年尚不知內心糾葛為何物，於是喪失理智、瘋狂失控。抑制不住對映入眼中的一切事物破壞的衝動，少年操縱象徵故事的世界——巨大雙足步行兵器，將人工島變成一片火海。

當世界政府決定消滅少年時，只有少女回到了少年的身邊。少女挺身想保護受到軍隊包圍的少年，胸部卻遭槍彈貫穿，在少年的懷中安祥地死去。

失去少女後，少年才終於發現，原以為全是謊言的世界裡也存在著真實的東西。少年對少女的感情，以及少女對少年的溫柔都是真的。

在這個時候，少年第一次流下眼淚。雖然是悲傷的眼淚，但不可思議地成為帶給觀眾溫暖印象的經典畫面而獲好評。

第一次看的時候，空太也不由得哭了，完全敗給把劇本的力量發揮到最大極限之上的卓越演出。

這樣的作品全由美咲一人獨自完成。各種設定與構想、分鏡、構圖、原畫、動畫、上色、背景與合成，加上攝影與效果以及後製剪接、錄音、配音，甚至是影像編輯的作業工程，原本應該由各部門分工，由各個不同的人員負責。

不只是2D，美咲也擅長3D製作，融合技術與品味，創造出獨特的演出呈現。

雖然音樂、效果音等音效相關作業是拜託就讀音樂科的朋友做的，但美咲仍獨力完成了相當龐大的工作量，而且還是有違常理的高品質。

透過美咲所製作的動畫，讓空太深刻地體會到上帝是不公平的。美咲確實擁有非比尋常的才能。

「好～～接下來要進行重製的作業！」

美咲站起身來伸伸懶腰。就這樣對空太失去興趣，從房間跑了出去。接著傳來一陣跑上樓梯的聲音，然後是天花板上美咲的腳步聲。空太的正上方就是美咲的房間。

「在我的常識還沒消失前，一定要趕快離開這裡……」

「打擾了。」

美咲之後出現在房門口的，是精心化妝、打扮得一副準備一決勝負的美術老師千石千尋。她擔任櫻花莊監督工作而與空太等人住在一起，不過這個工作並沒有被很認真地執行就是了……

「唔啊！好濃的妝！妳已經超越夜蝶（註：電影「夜の蝶」，描述在銀座酒店生存的女性們的故事）而成為蛾了，老師。」

「神田畢竟還只是個孩子，無法了解大人的魅力。」

說到這裡，千尋還噁心地眨了下眼，睫毛膏彷彿會發出啪嚓的聲音。

空太忍住想吐的感覺，努力以僵硬的笑容回應。

「反正我已經給老師忠告了。」

「我今天一定要抓到未來的老公，你就好好期待吧。」

「妳是為了說這個特地到這裡來的嗎？」

「我為什麼要跟神田報告這種事啊？」

「我也不想被老師妳報告這種事。」

「真是個愛頂嘴的小孩呢。來，這給你。」

她拿出一張照片，上頭是一個大概五、六歲大的女孩子。

「這是老師的私生女嗎？」

「她是從今天起要借住在這裡的表妹。」

「喔。」

「名字叫椎名真白。跟她約好六點在車站見，所以你去接她吧。」

「啥？」

「我說約好了六點在車站見，所以你去接她。聽到了沒？」

「就是因為聽到了，才會問妳在說啥啊！」

「因為我等一下就要去聯誼啦。醫生耶，醫生！這種對象可是很難釣到的。你看，無論如何我都有走不開的重要事吧？而且不管怎麼看你都很閒吧？你的臉根本就寫了『我很閒』。」

「妳今天也是狀況絕佳地說出一連串身為教師不該有的粗暴發言呢。真是太令人尊敬了。不過，今天沒辦法。到明天之前我必須思考自己的人生。」

「你在說什麼？」

「明明就是老師要我繳志願調查的吧！」

「喔～～那種東西隨便寫個『飛行員』就ＯＫ啦！」

「我又不是小學生！」

「不然『有錢人』也可以。」

「那不是更糟！」

「真是個小鼻子小眼睛的男人。這種東西就算想破頭也想不出來的，你就寫『升學』兩個字，教職員室就會放心了。」

「妳去拜託仁學長不就好了？反正那個人應該也很閒。」

「那個外宿帝王不在呢。他今天應該也用他那引以為傲的俊俏外表，還有精神奕奕的下半身，把哪個大姊姊帶到天國去了吧？」

「妳真的是教師嗎？好歹也有聖職人員的自覺吧！真是嚇人啊！」

「聖職人員的自覺？那種東西我早把它忘在父親的睪丸裡了。」

「唔啊～好驚人～我第一次聽到女性講睪丸這個詞。真不愧等級已經超過30，到了亞馬遜女戰士的層級果然不同凡響啊。超過三十歲的能力不容小覷。」

千尋的眉間抽動了一下。

「誰三十歲了啊！我可是才二十九歲又十五個月而已！」

跺腳的力道讓地板震了一下。空太感覺到自身的危險，「果然是亞馬遜女戰士」這句話還是吞下去的好。

「那赤坂呢？那傢伙一定在吧？」

他看著房間的牆壁。隔壁的102號室裡，住著和空太同年級的程式設計師赤坂龍之介。

「那個繭居族怎麼可能會出來！講話用點常識。啊啊，我再不出門就要遲到了！之後的就拜託你了！」

千尋氣勢驚人地打開門。就在這時，合葉脫落、門歪了一邊。空太被貓叫聲安慰著，修理脫落的合葉格外令人覺得空虛。

他對著在走廊上遠去的千尋背影送上「聯誼一定會失敗」的念力。

之後，他從房間地板上撿起手機，打了簡訊傳給龍之介。

回信的速度快得驚人。

——龍之介大人正在進行S社所委託的壓縮聲音用中介軟體的開發，雖然看來非常無趣，但是他正因為工作所帶來的責任感而持續進行中。因此，雖然是空太大人特地傳來的簡訊，但恕我無法轉達給龍之介大人。特此致歉，盼能獲得您的諒解。也負責秘書工作的女僕敬上

女僕是龍之介獨力開發的自動簡訊回信程式人工智慧。雖然空太不清楚那是什麼樣的構造，但這程式令人驚訝地感情豐富，而且頭腦好得難以置信。雖然文章通俗，其中還有些錯漏字，但細讀字裡行間都是正確而適當的回覆。

因為實在太有趣了，所以空太閒來沒事就會跟她商討人生或藉此練習追求女性等，做各種的嘗試。

但今天他可沒那個閒功夫跟電子女僕進行簡訊往來遊戲。

他又傳了一次簡訊，希望能獲得回應。

這次只隔一秒便收到了回覆。

——再不明事理就要處罰囉。太煩人的話，我就把病毒傳給你喔（笑）病毒也做得出來的女僕敬上

「哇、不妙！」

空太彷彿在開玩笑的文字當中感覺到令人恐懼的東西，急忙傳了簡訊解釋。

以前確實有被傳送破壞系統的程式，使得剛買的手機成了廢物的慘痛經驗。

——能獲得您的諒解真是太好了。好不容易準備好的病毒卻不能用，實在有點可惜。希望趕快變成人類的女僕敬上

因為替人工智慧設想，空太又打了一次道歉的簡訊。

他打到一半，嘆了口氣。

「唉，學生跟老師盡是些怪人。如果不趕快離開這裡，真的不妙呢。腦袋會變怪怪的。真希望早日回到正常的生活……誰來救救我啊。」

接著又仔細看了剛剛收到的照片。

皮膚白皙的小女孩戴著大大的草帽，穿著純白的洋裝。臉上沒什麼表情，對著鏡頭也不笑。透明的眼眸彷彿看著鏡頭更深處那一端。

不知是不是因為那股破碎物般虛無飄渺的感覺，空太的心中一陣刺痛。

這個女孩子很像某種東西。

貓發出了叫聲。

「……對了，她很像以前的你們吧。」

他看著在腳邊磨蹭的貓咪，想像抓著紙箱邊緣向上望著自己的少女，這股莫大的破壞力讓空太差點昏厥過去。

## 2

從櫻花莊到車站最近的捷徑，是縱貫紅磚商店街的路線。這是充滿了復古老街風情的好地方，對於在這街上出生、長大的空太而言，則是記憶中到處遊玩的場所之一。

因此，光是路過就有認識的人向他打招呼。

魚販會對他說：

「喔，你不是神田家的小夥子嗎！今天的青花魚不錯喔。」

而更前方的肉販則說：

「哎呀呀，這不是空太嗎～你今天想買什麼？可以送你可樂餅喔。」

結果空太什麼都沒買，倒是拿了大嬸送的可樂餅。

「空太，好久不見了。你念的學校是水高吧。」

就像這樣，在蔬菜店也正好遇到了中學時期的朋友在幫忙看店。

在都會中心已經逐漸失去的街坊鄰居之間的交流關係，還存在於這街上。

大概是因為就算現在進行開發也已經沒什麼利益了吧？也多虧大家都認為作為水明藝術大

學的府城看來，維持現狀最好。

大概在三年前，車站前開了一家貨色齊全、價格便宜的大型超市，但空太仍獨愛商店街，總覺得在這裡比較能夠靜下心來。

也因為其他有同樣感受的人，商店街才得以生存至今。

將拿到的可樂餅塞滿嘴，走著走著馬上就到了車站前。

雖然名為藝大前站，但就算是成人步行到大學也要十五分鐘。每年總有幾個因為不知情而在時間快到之前才匆匆趕來的考生掉進這個陷阱，最後咬牙吞下悔恨。這已經成為當地有名的故事了。

因為車站只有一個剪票口非常不方便，住在車站另一邊的居民只能跨過平交道再繞過來。

空太坐在剪票口前的圓環鐵柵欄上等待。

拿出夾在錢包裡的照片再次確認。

椎名真白。

真是奇怪的名字。

千尋說是自己的表妹，但看來年紀差距頗大。

當他心裡這麼想著，下行的電車進入了月台。

如果是平常，現在正是下課回家的國、高中生成群結隊下車的時間，但現在是春假，乘客也是三三兩兩。身分不明、年齡不詳，也看不出來是做什麼的人們，從車站裡走了出來。

在這當中，空太看到了一張認識的臉。對方似乎也認出了空太，有點驚訝地張大了眼睛，之後便以輕快的腳步來到空太面前。

「你在幹嘛？該不會是在等我吧？」

「不是。」

「想也知道。」

不知有什麼好笑的，三鷹仁發出了笑聲。

他擁有蓬鬆的茶色頭髮、修長高眺的身型。在身旁能感受到他的魄力，但整體散發出柔和的感覺。

設計俐落的眼鏡給人知性的印象，這位三年級生即使是以空太的眼光來看，也是無可挑剔的帥氣。

所以空太能夠理解他為什麼受歡迎。現在就算看到他脖子上的吻痕也已經完全不會驚訝，這對仁來說是稀鬆平常的事。

他住在櫻花莊103號室，專長是隔著衣服猜出女性的三圍。

「你手上拿的是什麼？好香的味道。」

仁朝裝著可樂餅的袋子探了一眼。在沉穩成熟的舉止下，他的臉上浮現的卻是孩子般的好奇心。

「是肉販在我來這裡的途中送給我的可樂餅。」

「真好啊，分給我吧。我今天只吃了早餐。」

他看來吃得津津有味，把拿出來的可樂餅塞得滿嘴。

「空太真是厲害呢。」

「咦？」

「光是路過商店街就可以把這麼好吃的可樂餅拿到手啊。真是天才，讓人尊敬啊。」

「光是走在路上就可能讓女性懷孕的仁學長才厲害呢。」

「喂、喂，我可是都有好好避孕耶。」

「而且美咲學姊的動畫……不是大受好評嗎？」

那個劇本就是仁寫的。

「那只是因為美咲很厲害而已，畢竟那傢伙從以前就是個變態。嗯，真好吃，我喜歡這裡的可樂餅。」

聽得出來仁想轉移話題，空太也就不再窮追不捨了。

「下次我會跟大嬸道謝的，就說仁學長誇獎她。」

「對喔，你是這裡的居民喔。」

「是啊。」

「那為什麼要住宿舍？」

「怎麼會現在才想到這個問題？不過無所謂啦，也沒什麼特別的。」

那是在約一年前，高中考試放榜的當天。

作夢也沒想到自己會考上的空太，為了慶祝考試合格，與朋友們一起在卡拉ＯＫ盛大地唱歌玩樂。

當唱到接近凌晨回到家時，被像金剛力士般站在客廳的老爸逮個正著。

「你已經是高中生了，我想應該給你自己選擇的權利。」

「什麼？」

「要跟家人一起到福岡去，或者一個人孤伶伶地留在這裡？」

兩手交叉抱在胸前的老爸所講的話，令人完全無法理解。

空太求助似地看著邊哼著歌邊洗東西的母親。

「其實你爸爸突然被調職了。」

「喔，這樣啊。然後呢？」

「所以要你選擇一起搬過去或者留下來。」

「等一下，不是老爸自己單身赴任嗎？」

「你在說什麼啊？兒子。這樣我會寂寞的啊。」

「老爸你少說一些什麼會寂寞之類噁心的話！」

「所以，我當然要把孩子的媽跟優子一起帶過去。」

「為什麼我就不一樣？」

「因為不管你在不在，都不會對我的寂寞有所影響。」

「喔，是這樣嗎？那優子的學校怎麼辦？」

「已經辦轉學了。」

「太快了吧！」

不過，空太覺得也無所謂。終於可以過憧憬的一人生活了。

「順便一提，我剛剛去了房屋仲介，已經決定要把這房子賣掉了。」

「等一下！也決定得太快了！」

「我已經決定在明太子的國度終其一生了。」

「你沒瘋吧！趕快醒一醒！而且什麼叫明太子的國度啊？快跟福岡道歉！它明明就有更好的東西！」

「放心吧。我是支持Hawks（註：福岡softbank hawks，日本職棒球團之一）的。」

「誰管你啊！」

「孩子的媽，我已經不行了，我果然沒辦法跟正值青春期的兒子對話。沒想到思春期這麼麻煩啊。」

「等等！為什麼一副好像都是我的錯的樣子，就想把話題結束了啊！」

已經不想搭理的父親離開，迅速地走進了浴室。不過空太倒是不想追上去，誰會想看父親的裸體啊。

母親接著坐到空太的前面。

「那你打算怎麼辦呢？真是人生的抉擇呢。」

「學校的宣傳手冊還在吧？住宿大概要花多少錢？」

「上面寫著供應早晚兩餐是五萬圓。」

母親一臉得意的樣子。

「真是糟透了。如果去打個工應該還有辦法。」

「咦～～為什麼？為什麼？哥哥你不一起過來嗎？」

突然插話進來的，是穿著粉紅色孩子氣睡衣的妹妹優子。

她一靠過來就抓著空太的手，喊著「為什麼？為什麼？」地上下搖動。

「我一定要跟哥哥在一起。哥哥你就算跟我分開也無所謂嗎？真不敢相信！」

明明從四月起就是中學二年級了，但是她幼稚的精神構造真是令人擔心。妹妹從以前開始身體就不是很好，總是依賴著空太、受他保護，所以這場調職風波中，空太第一個會想到的搞不好就是妹妹。

「我也不想放棄好不容易考上的學校啊。」

「你的報考動機明明就只是因為離家最近！那只要找離福岡的家最近的學校不就好了！反正你的動機不單純！」

在這之後，優子仍然毫不妥協，不斷地想說服空太，展現出無論如何都要把空太一起帶走的氣勢。

優子眼看空太不為所動，一臉快哭出來的表情，這讓空太感到困擾不已。這時優子終於因為母親的一句話而沉默下來。

「好了好了，不要再說任性的話了，這樣哥哥會討厭妳喔。」

畢竟當了她十三年的母親，已經熟知該如何應付女兒了。

「知道了……我放棄哥哥了……」

優子帶著彷彿要被賣掉的小馬般的眼神，回自己的房間去了。

隔天，空太辦理好水高的入學及住宿手續，家人則著手進行搬家的準備。

雖然這是一年前發生的事，現在卻覺得彷彿已經過了很久。

話說到最高潮的時候，仁不斷地哈哈大笑。

「真是令人羨慕的家庭呢。」

「全都是那個笨蛋老爸害的。」

「不過，還好不是什麼嚴肅的原因。我可沒做好聽到悲慘故事的心理準備呢。」

「妻離子散或父親失蹤之類的？」

「沒錯。」

仁爽朗地笑著。他就是用這種表情攻陷女性的吧。

「那你到底在這裡做什麼？」

「啊，這個。」

空太把從千尋那裡拿到的照片給仁看。

「真是可愛的女孩子。」

「是啊。」

「大概五歲左右吧。」

「我也這麼認為。」

「你妹妹嗎？」

「不，不是。」

「嗯，好，我知道了。」

「你知道什麼了？」

「去找警察吧，空太。去自首說你有戀童癖。然後，招出你就是最近在附近頻傳的變態事件的犯人。我會陪你一起去的。」

「你一臉認真在講什麼東西啊！不是這樣！是老師拜託我去車站接她的！」

「什麼啊，結果原來是這樣，真是無趣～～」

「如果我是變態就會比較有趣嗎？」

「至少比這個無聊的現實要好多了吧？」

從仁的表情看不出他講的話到底有幾分是認真的。

愚蠢的對話剛好告一段落，黑色的計程車開進了圓環，停在距離空太約十公尺遠的計程車搭乘站。

空太不經意地往那裡看了一眼，從後座下來一名穿著熟悉的水高制服的少女。

制服是全新的，似乎還沒穿慣。她的雙手提著茶色行李箱，望著成田車號計程車離去的側臉，看來有點無聊的樣子。

微微的鳳眼讓她看起來有些成熟，不過既然穿著制服就表示她跟空太他們應該是同一個年代的。

透明白皙的肌膚使得她周圍的空間似乎也跟著染白了。

空太的目光被那美麗的景象深深吸引，腦中多餘的東西全都消失，心裡只存在無盡白色的世界。空太逐漸看不見周圍的景色，感到呼吸困難，這時連自己身在何處都忘了。

少女彷彿獨自站在冰原上——空太已經成了這種錯覺的俘虜。

「那女孩感覺很獨特呢。對吧，空太？」

「……」

「空太？」

空太雖然感覺到仁說了什麼，但他的話已經聽不進耳裡。

她靜靜地邁步走了起來。若以貓來比喻，就像西表山貓。有內涵而具存在感，卻是飄盪著危險氣息的瀕臨絕種類型。彷彿一轉開視線就會飄渺消失般，讓人感覺不安。

她像娃娃般一聲不響地坐在圓環邊的長椅上。

與空太的距離大約是六公尺。

因為不知名的緊張，空太嚥了嚥口水。

「不管她再怎麼可愛，貪婪地看著對方是很沒禮貌的喔。我完全能夠認同她正是你最喜歡的類型。」

「……」

「會讓人想要保護的感覺呢。」

「……」

「好吧，就讓我用特殊能力幫你看。嗯，身高162公分，體重45公斤，三圍由上至下是79、55、78，錯不了的。擔心是洗衣板？不用那麼悲觀。因為腰身纖細，所以衣服脫了以後，胸部看來會比數字上的想像要來得大。相信我。」

空太已經開始聽得進仁所說的話。

「……你在說什麼啊？仁學長。」

「因為你太好懂了。」

即使從夢的世界回歸到現實，空太的目光還是離不開少女。他對少女的側臉彷彿有些印象，於是開始尋找答案。

令人意外地，答案很快就找到了。

「啊、對了。」

「好啦，好啦，你不用害羞了。」

「不是啦，是她。」

這想法說出口後他就更加確信了。

「啊？倒是你，在說些什麼啊？」

「我一直以為她會搭電車來。」

「你腦袋沒問題吧？」

「我～～是～～說～～這張照片！」

空太將千尋給的照片拿到仁的面前。

「完全搞不懂。」

「算了。」

空太從鐵柵欄起身，朝坐在長椅上的少女走近。

「你想要變成什麼顏色？」

空太一時沒發現那是少女的聲音。

如果不是因為注意力放在她身上，一定會漏聽那句話。

空太與向上看的她眼神交會。光是這樣，就讓他的心動搖了。

「我嗎？」

她輕輕地點了頭。

「沒想過耶。」

「那就請你想想看。」

「未來的事還不確定，但今天是玉蟲色（註：像昆蟲翅膀般會因光線而忽綠忽紫的顏色）。」

「那是顏色嗎？」

「其實應該是比較像彩虹的七彩顏色，就意義上來說就是曖昧的顏色。」

「真是有趣呢。」

「那妳呢？」

「咦？」

「想變成什麼顏色？」

「我沒想過耶。」

「什麼啊。」

「現在大概是白色的。」

「就如同妳的名字一樣。」

「……」

她以有些驚訝的眼神看著空太。

「真抱歉，我不是什麼可疑人士。我叫神田空太，是千尋老師拜託我來接妳的。妳應該知道吧？」

「千尋拜託的？」

「真是的，老師也太亂來了吧。」

空太拿照片與眼前的少女相比，乍看之下根本認不出來。空太之所以會認出來，是因為她給人的感覺是一樣的。

她正是椎名真白。

「老師給的到底是幾年前的照片啊？都長大了三倍吧。」

### 3

——就這樣把她帶回櫻花莊妥當嗎？

椎名真白以幾乎快停下來的速度走在旁邊，空太看她的側臉看得出神並思考著。

纖細的身軀、微小的聲音、安靜沉穩的動作，缺乏感情起伏，也沒什麼表情。

光是在她身邊，就覺得好像站在就要碎裂的冰上。

就像一碰就壞的細緻玻璃工藝飾品。

空太對真白抱持著這樣的印象。

再加上她會突然說出這樣的話：

「空太真不錯。」

「咦？」

「聲音很好聽，我很喜歡。」

這讓空太感到高興，總之她是個毫無防備的女孩子。

怎麼想都覺得她跟櫻花莊的氣氛不搭。

那裡聚集了超乎常識、充滿個性的人。是超乎規格的人種的巢穴。

外星人上井草美咲、繭居族的赤坂龍之介、夜之帝王三鷹仁，就連老師也是那個怕麻煩、做事隨便的千石千尋。

剛剛在車站還在一起的仁，不知不覺間不知跑哪去了。

託他的福，空太被迫與初次見面的女孩獨處。

越是想要機伶地講些話，越是想不出可以聊的話題。

接著就是真白剛剛的發言。

空太整顆頭都脹紅了。

不過，正因為自己難看的樣子，反而讓空太索性豁出去了。

「那個……」

「嗯？」

「妳要進水高就讀嗎？」

真白微微搖了搖頭。

「插班。」

「啊，這樣啊……這麼說是二年級囉？」

這次真白則是輕輕地點點頭。

「我們同年呢。」

她清澄的眼睛由斜下方往上看，表情沒有變化。

空太覺得不好意思，別開了視線。

兩人沉默地前往櫻花莊。

——這麼一來，只有我能成為保護她的盾牌了。對手可是很難應付的。

眼前已經可以看到櫻花莊的屋頂。

抵達櫻花莊的時候，搬家公司的卡車正要離開。車子發出刺耳的引擎聲後，便往車站的方向消失了。

空太把幫真白提的行李箱放在玄關旁邊。

「進來吧，快進來。」

並帶著她進入宿舍。

接著，美咲以彷彿獵豹看到獵物般的腳程，從二樓衝了下來。不，是跳下來。善用膝蓋緩衝著地，儼然就是野生動物。

「歡迎來到櫻花莊！」

她毫不客氣地拉下拿在手中的拉砲，漂亮地擊中站在真白前面的空太。

空太立刻以手刀往她的腦袋反擊回去。

「唔啊！你對少女做什麼啊！」

「如果妳要自稱少女，就請妳至少不要在我的房間睡覺！」

「沒問題的啦！我連接吻都沒有過，全身從頭到腳都是新品喔～～」

被冷落的真白在空太身後呆呆地看著。

「不不，學妹只是學妹，我們絕對沒有什麼不正經的關係！妳不要有奇怪的誤會喔？」

「咦～～學弟已經對小真白有意思了嗎？」

「才不是！倒是小真白……為什麼學妹會知道啊？」

「好了好了，不要站在玄關，趕快帶她到房間去吧。」

「還不是因為學姊妳把我們擋在這裡！」

「我終於也有鄰居了！她會不會到我這裡來過夜，或是邀請我過去過夜啊？會不會跟我商量戀愛的煩惱呢？哇～～我都興奮起來了！」

推開陷入狂喜狀態的美咲，空太帶真白往男性止步的二樓走去。

２０２號室的房門掛著寫了「真白的房間」的牌子，上面還有謎樣的卡通圖案。

「是我昨天晚上做的喔。」

不知何時美咲已經追上來，厚著臉皮地湊了過來。

「妳昨天明明整晚都在打電動。」

美咲絲毫不為所動，未經房間主人許可就打開房門。

「鏘鏘！」

空太印象中應該是個什麼都沒有的空房間，此刻床鋪、梳妝台、書桌、有著大螢幕的電腦，以及衣服等行李已經搬進來，而且完全整理好了。

「如何啊？我這了不起的工作效率。學弟出門的這段時間，我已經把工作都處理好了。太棒了！搬家公司！太專業了！你們真是太專業了！」

莫名其妙地異常興奮的美咲，像是在誇耀自己手腕般驕傲地挺起胸膛。

「學姊根本什麼都沒做啊。」

「我有在旁邊好好地監督啊～～」

準備住進這房間的真白，只是無言又面無表情地看著空太及美咲對話。

「椎名……妳真的打算住在這裡嗎？」

「是啊。」

她發出微風般小小的聲音。雖然音量不大，但語氣明確清楚，像是聲音本身具有內涵般不可思議。只是無論聽幾次，感情的表現依然是淡淡的。

光是在旁邊看就令人感到焦急。這樣的心情究竟是怎麼一回事呢？

「啊～～我真的是很開心呢～～因為同樣是美術科的同伴。」

美咲一臉沉醉入迷的表情，想要貼近真白，卻被空太壓著頭擋了下來。

「椎名是美術科的嗎？」

難以置信的低錄取率，不是那麼容易能夠插班進來的。

「是啊。」

真白平淡從容地回答。

「你太天真、太嫩了，真是什～～麼都不知道。近代戰爭決定勝負的關鍵都是靠情報啊，像你這樣一定會百戰百敗的。真是令人可嘆，真想用繩索套住你！」

空太嚥下「隨便妳吧」這句話，努力將名為美咲的失控列車拉回正軌。

「那學姊妳又知道什麼了？」

「小真白在現代設計藝術界可是超有名的人物！聽說她從小就到英國去，接受美術的菁英教育。」

這麼說來，就是歸國子女。不可思議的言行舉止、不合拍的對話節奏，以及圍繞在她周圍獨特的氣息，說不定都是因為長年在國外生活的關係。

「她已經在國外的美術館展出了幾幅畫，而且還得過獎！她的畫好像有非常高的價值。」

從真白沒有表示否定這部分看來，這應該是事實吧。

但還是搞不太清楚藝術界的範圍。

「以新幹線而言，大概多有名？」

「那當然是『希望號』囉！」

「那真的很厲害呢。」

美咲雙手叉腰，一副「如何？服氣了吧？」的驕傲態度。

「再怎麼說，畢竟學姊還是美術科的學生啊。」

「怎麼說？」

「所以妳才會知道椎名的事吧？」

「不是。是昨天聽千尋說的。」

「那妳還跩什麼！」

「就算早一秒知道也是贏了啊。呼哈哈哈哈哈哈！」

面對她莫名其妙的大笑，空太再度揮下手刀。結果，被美咲空手接白刃擋了下來。

「同樣的技倆用第二次，對我是沒用的。」

既然如此，就反手水平揮向有機可乘的額頭。

「嗚喔！好痛喔～真是的！學弟你是會對喜歡的女孩子動手動腳的幼稚園小朋友嗎！」

「我對學姊並不抱持不耐煩以外的任何感情！」

「我知道你現在正值想偽裝自己的年紀。我也知道你這年紀會想讓自己看起來像個大人！但是，說謊是不行的！前一陣子你明明就跑到浴室來想要偷襲裸體的我，結果居然還噴鼻血！明明就對我濕答答的身體感到興奮！還這麼害羞～真是太可愛了！」

「什麼！那還不是因為學姊無視於浴室時間規定才導致的意外！我可是被害者耶！把我的紅血球跟白血球還給我！」

「我脫了可是很驚人的喔！」

「不用脫就已經夠驚人了！」

說到這裡，空太才突然想起，於是戰戰兢兢地看向真白。真白的臉上不帶任何感情，只是有些感到不可思議地望著空太與美咲。

「呃，妳是不是嚇到了？」

「為什麼？」

「就剛剛的對話狀況。」

真白歪著頭，一副更搞不懂的樣子。

這個可愛的動作讓空太一時語塞。

「『不妙，太可愛了……』學弟一定這麼覺得吧？太明顯了。」

「既然這樣，妳就不能閉嘴不講嗎！」

空太握著雙拳，壓在美咲的腦袋上猛轉。

「痛痛痛痛痛痛！」

「你們感情還是這麼好啊。」

聽到聲音轉過頭去，看到千尋踩著殭屍般步伐走來。不知是不是空太的詛咒發揮了作用，看來聯誼沒有收穫。

跟在千尋身後的是在車站時走散的仁。仁心情不太好地看著空太與美咲，雙手提著購物袋。袋子裡面是火鍋料、零食及果汁。

仁與空太眼神對上後，靈巧地揚起一邊的嘴角微笑。

「她的歡迎會需要這些吧？」

「老師也很早就回來了呢。果然還是沒找到老公嗎？」

「居然瞧不起我。根本連個醫生也沒有嘛！全都是唬人的！竟然謊報經歷，很敢嘛。」

「老師不也謊報年齡，所以彼此彼此啦。」

以前千尋曾經說過，在聯誼的場合上是永遠的二十七歲。

「唉～～真是的，現在所有幸福的人最好全都死光光。」

「千尋，加油啊。學弟說妳如果找不到老公，他就當妳的老公。」

「我才沒說！」

「說的也是，再過個五年應該是有可能的。」

「才不可能！」

「不過，沒想到真的來了。」

千尋的視線試探性地轉向真白。她的眼神看來意義深長，應該不是錯覺。

「嗯。」

真白以微小的聲音回答。

「那個，老師，我可以問問題嗎？」

「我現在一股腦兒地想要打人，所以長話短說。」

「那就一個問題。」

其實還有很多想問的。

比如，已經在國外正式學習美術的人，為什麼還要到這裡來？

還有關於她父母的事。

在一堆問題中，空太提出了他最在意的事。

「為什麼椎名要搬到櫻花莊來？一般宿舍應該還有空房吧？」

「這還用說嗎？」

「不，我完全搞不清楚。」

「因為對真白而言，這裡最適合她啊。」

「啊？」

「馬上就會知道了，尤其是你。」

結果，空太還是無法理解千尋眼神閃爍異樣光芒的原因。

## 4

「好睏～～睏到我現在就快睡著了～～」

想著「為什麼今天不是春假了」這種無意義的事，沉重的身軀好不容易才從床上起身。

睡眠不足的原因出在美咲身上。最近不管什麼事都是美咲的錯。不管是地球暖化、全球股災、日幣升值，以及協和超音速噴射客機及前國鐵臥鋪特快列車報廢，全部都是美咲的錯。一定是這樣沒錯。

晚睡是因為真白的歡迎會。千尋還擺脫不掉聯誼所帶來的打擊，與赤坂龍之介一樣關在房間裡，所以就由空太、美咲及仁三人來招待真白。

圍繞著由仁準備好的火鍋，美咲臉不紅氣不喘地滔滔不絕，空太則成了保護真白不受其害的盾牌。雖然真白並未露出對美咲感到麻煩為難的樣子，但對仁幽默的玩笑也幾乎面不改色，所以不知道她內心到底感覺如何。

雖然有些不同於常人的地方，但她的本性是單純且沉靜的，彷彿如果沒人看好她，她就會消失不見一般。這是空太對真白重新有的印象。如果不好好保護她，她將無法在這櫻花莊生存下去。空太在心中發誓要好好守護她。

吃完最後的雜燴粥後，美咲在一次也沒用過的三年級英文課本裡，畫上體操選手以單槓翻轉到空翻的漫畫，做為餘興節目。高水準的質感可媲美卡通動畫。

接著，真白從行李箱裡拿出素描簿，順手畫出想過來沾點光的七隻貓。

看到畫的那瞬間，空太全身起了雞皮疙瘩，無法以言語表達感想。畫在素描簿上的七隻貓，彷彿就要動起來般，比本尊還像本尊。

這幅畫現在貼在空太房間的牆上。

雖然昨晚十一點半就散會了，但之後空太又被迫與美咲通宵打電動直到剛才為止。已經不記得是幾點睡著的，至少在床上醒來已經是奇蹟，也沒看到美咲的身影。印象中仁硬是拖著美咲離開，要她回自己的房間睡覺，但已經無法區別那究竟是夢還是現實。

走出房間後，玄關那傳來一陣聲音。

探頭一看。

不知是不是對新學期感到開心，美咲大聲喊了「呀喝～～」便飛奔出去了。為什麼美咲會這麼有精神啊？空太一邊覺得不公平，又想起昨晚被耍得團團轉，所以決定仔細地拜見從她裙子下襬隱約可見的水藍色內褲，卻被仁由後方用力地戳了腦袋。

頭還在痛時，已經看不見美咲的背影了。

「一大早在發什麼情啊。」

仁迅速地走向飯廳，使空太沒有抱怨的機會。

接著走過來的是千尋。

「老師，妳今天真早啊。」

現在才七點半。還有將近一個小時的充裕時間。

「神田，人就是要累積各種經驗才會變得堅強。你要好好牢記。」

雖然無法理解這句話真正的意義到底是什麼，但應該是指昨天聯誼的事吧？所以空太決定不再深究。

「真白的事可以拜託你嗎？只要把她帶到教職員室就可以了。」

「嗯，反正是第一天上課，我會幫她帶路的。」

千尋向前探出身子，用手指敲了敲空太的胸膛。

「做、做什麼？」

「你真的會把她帶來？你會負起責任把她帶過來嗎？」

「我都說我知道了。」

「很好，那就拜託你了。真的指望你囉。」

「唉，總覺得有點噁心呢。」

本以為千尋會有所反擊，她卻發出「哼哼」的聲音走了出去。

目送千尋離開後，空太看著走廊上的掛鐘指針指著七點四十分。

感覺不到真白要從二樓下來的氣息。還是應該叫醒她比較好。

「印象中二樓應該是男性止步。」

踩著發出嘰嘎聲的樓梯上樓，開始覺得心神不寧。腦袋裡擅自想像真白穿睡衣的樣子及睡相，並產生了莫名的期待。

空太其實並不是那麼不擅長應付女孩子。多虧美咲，大概都已經免疫了。不過，那個人真的能稱為女孩子嗎？如果有人這麼問，空太大概會回答是外星人。

走到真白房門前，緊張的情緒到達最高點，以下腹部為中心開始翻滾。

「我……在害怕嗎？」

空太想要舒緩情緒，刻意的說話聲音卻變高音岔開了。

「喂、喂！椎名！妳再不起床，說不定會遲到喔。」

對於這種奇怪的說法，空太覺得自己真是沒出息。

不知道是不是沒聽到，房內沒有回應。

這次空太改為敲響房門。

「椎名！起床了！還真的沒有反應。這樣好像不妙。」

他更加用力地敲門。敲、敲、敲。

殘酷的是獲得的回應只有沉默。

他伸手抓住門把，突然回過神來。

「不不不，等一下等一下等一下。這又不是美咲學姊的房間，怎麼可能沒鎖門。」

為了確認，他輕輕地轉了把手，並沒有上鎖的阻力感。

這個手感肯定是沒鎖門。

「我都說了，又不是美咲學姊的房間，打開好像不妙……」

話雖如此，從門外出聲叫她好像也不會讓事態好轉。

「沒辦法了。這也是無可奈何。」

他一邊無意義地為自己找藉口，一邊握住門把。

緩緩地轉動，只開了一條細縫。

「咦？」

他說不出話來，無意識地將房門整個打開。

「這是怎麼回事？」

空太以為自己弄錯房間了，慌張地確認門號。２０２號室，真白的房間。沒錯，正確。答對了。賓果。

但是眼前卻是與昨晚印象中完全不同的光景。

地上散落著衣服、內衣褲、書本及漫畫。看不見地毯，房間像被龍捲風掃過一般。

腦中響起「這是怎麼回事」的警報。

接著浮現的是「小偷」兩個字。

腦袋充血、全身開始冒汗。

「喂，椎名！」

他慌張地衝進房間。

床上沒有真白的身影，地上也沒有。哪裡都沒有。

每移動視線，背脊便不寒而慄。

房間凌亂，而真白不在房裡。

令人絕望的狀況。

空太雙腳顫抖，以手扶著桌子。似乎是動到了滑鼠，休眠狀態的螢幕醒了過來。背後突然亮了起來，空太發出輕微的驚嚇聲。

他帶著怨念看著電腦螢幕。

畫面上被切割出格子的框架裡，畫了說著甜言蜜語的美形男。他以手捧住害羞低頭的女孩臉頰，慢慢逼近。圖非常棒，畫得非常巧妙。頭身比例相當平衡，骨架適當也不會太過寫實。不過，線條有些太多，畫得過頭了。

這怎麼看都是少女漫畫原稿。

「為什麼椎名會……」

完全搞不清楚狀況、思考陷入停止狀況的空太腳邊有東西動了一下。

他嚇了一大跳，提心吊膽地窺探桌子底下。

被單及衣服被拿到狹窄的桌下，椎名真白正一臉幸福地睡著，就像倉鼠的窩一樣。

空太感到安心而嘆了口氣。幸好。總之，幸好。不，真的是太好了。

他再度環視房內一圈。

心想這些該不會是……眼前突然一片黑。如果不是小偷，那答案只有一個。

暫停、等一下。空太並不是特別對誰這麼宣告。他閉上了眼睛，拚了命尋找勉強可以接受的理由。

——一定是因為還不習慣日本的生活。

可是哪個國家有這種在自己的房裡玩龍捲風遊戲的文化啊……

——或者只是睡相有點糟。

這哪是有點？她已經睡在桌子底下了……

——一定是受到外星人的侵略了。

這沒有現實感。

——這麼說來，這只是一場夢。空太，你還在睡夢中。

啊，原來如此，說的也是。這個可能性最高。

空太自己這麼解釋並同意，邊退出真白的房間。

手揹在背後關上房門，深吸一口氣。

夢差不多要醒了。

做好心理準備後打開門。

不久，空太仰著頭。理所當然地，房間還是跟剛剛一樣。是個讓人無法置信有人居住的狀態。

真白雖然有些不同於常人的地方，但空太一直以為她是被歸類屬於自己這邊的人類。還期待她會成為心靈的綠洲……

「……神啊，我是做錯了什麼事嗎？」

心境上雖然開始感到絕望，但空太還是尋找地板上衣服與內衣褲間的空隙，邊移動到桌子前方。對於健全的高中男生來說，散落一地的女孩衣物很傷眼睛，尤其是色彩鮮豔的內衣褲，更是醒目到糟糕的地步。

即使努力不看，目光還是會忍不住飄過去。

在桌子前蹲下來，空太慎重地出聲呼喚。

「那個~~椎名小姐？可以麻煩妳起床嗎？」

沒有反應。

「喂~~喂。」

「……」

只有規律的睡眠呼吸聲。

「妳起床的話我會非常感激的～～」

「……」

空太沒辦法，只好試著拉扯被單邊緣。但由於真白抓得很緊，有受到阻力的感覺。他只好放棄，搖了搖她的肩膀。

「喂～～天亮了～～已經早上了～～」

「……早晨不會再來了。」

「不，不，已經是早晨了！不要說這種恐怖的話。」

真白抬起埋在衣服及內衣褲堆裡的臉，惺忪睡眼凝視著空中好一會兒。過了將近一分鐘，才終於與空太目光對上。

「早安。」

「……」

真白再度將睡得亂七八糟的頭埋進巢穴裡。

「妳如果睡著會死人的～～！第一天就遲到不太妙吧！」

「……知道了。我起床。」

「喔、意外還蠻懂事的嘛。」

真白仍一臉呆滯的表情，從桌子底下站了起來。

身上的被單及衣物緩緩掉落。

露出了肩膀，接著是纖細的手臂、稱不上豐滿的胸部、葫蘆般的腰身，以及臀部的曲線，全都展現在空太的視野中。

一瞬間，空太的血液沸騰。

「哇啊啊啊啊啊啊啊啊啊啊啊！」

迴盪著讓人懷疑是不是尿出了血尿般的淒厲叫聲。聲音的主人是空太。

「吵死人了。」

真白一臉困擾地揉著眼睛。

「等一下！妳、妳、妳！嗚啊啊啊啊啊啊啊啊啊！」

「什麼？」

「穿上衣服！為什麼全裸啊！妳是什麼種族的人啊？」

雖然已經動搖到不行，空太還是動員了所有剩餘的理性轉身背對她。

「是為什麼呢？」

「妳給我振作一點！」

「……在浴室……」

「然後呢？」

「拿出衣服……」

「很好，接著只要穿上就好了。」

「全部都拿出來了。」

「好！停！不要全部拿出來！」

「後來覺得這樣應該就可以了吧。」

「這是什麼思考啊！而且少講得一副事不關己的樣子！還有，穿上衣服！穿什麼都好，總之先穿上去！」

光是意識到全裸的真白在自己背後，實在難以保持平靜。

「都這時候了，穿制服就好！」

空太從腳邊散亂的衣服堆裡，挖出水高的制服扔給真白。

背後傳來衣服摩擦的聲音。

心臟彷彿快爆裂了。

「好了嗎？」

空太算準差不多的時間開口問道。

「好了。」

「我說，妳好歹也……」

空太說著回過頭去，接著就這樣張著嘴僵住了。

真白只將制服上衣披在身上，釦子全開，看得到「許多東西」。

「到底是哪裡好了啊！」

他再次轉過身去，忍不住抱著頭蹲在地上。

「怎麼了？」

「妳應該知道吧！」

「你沒問題吧？」

「妳才有沒有問題啊！」

「嗯。」

「嗯什麼嗯啊？趕快穿上衣服！」

再次傳來衣服的窸窣聲。因為有了前車之鑑，空太這次決定再多等一下。

「穿、穿好了嗎？」

「內褲呢？」

「穿上去！」

「哪件比較好？」

「那種東西不要叫我選！」

「那就不用了。」

「怎麼可以不用了！如果起風的話可是會發生慘劇的！穿上！穿上去！拜託妳穿上去！」

空太說著從地上撿起淺綠色的內褲，慘叫著丟給真白。

「這件內褲不可愛。」

「妳今天預定要給誰看嗎！」

「倒是沒有。」

「那妳就忍著點先穿那件！」

一早叫太過頭，感覺腦血管都快爆開了。

看了下手機上的時間，已經八點十五分了。

「慘了！喂，椎名，動作快一點！」

「已經好了。」

穿好內褲一臉滿足的真白，頭髮則是睡得亂七八糟，頭上彷彿可以養小鳥般，與端正的臉蛋有很大的落差，真是令人慘不忍睹的狀態。

「妳的頭！應該說是頭髮！去廁所整理一下！順便也把臉洗一洗！」

「在哪裡？」

「昨天不是告訴過妳了嗎！跟我來！」

空太慌張地踩著腳步前往一樓，但是真白卻沒有跟上來。她在稍遠的地方以緩慢的步伐走過來。

「啊，等一下。要洗臉先把外套脫下來！」

空太拿著真白的外套，把她推向廁所。他利用這段時間，回到自己的房間，換好了自己的衣服。

空太花不到一分鐘就完成了，空空的書包也揹在肩上。

他迅速地回到廁所，真白也正好走了出來。

接著，空太再度發出慘叫聲。

大概是洗臉時沾到水吧，制服上衣胸前溼答答，變成透明的狀態貼合在肌膚上。而且因為沒穿內衣，稱不上豐滿的雙峰以及前端部分，全都暴露出來。

「等一下！妳！我說啊！妳好歹也穿個內衣之類的吧！」

「因為空太沒幫我拿出來。」

「是我的錯嗎？太奇怪了吧？」

真白微微歪著頭發呆。

空太所認知的常識完全不適用。

為了保持平常心，空太走到廁所去拿毛巾。那邊也是慘不忍睹，水龍頭彷彿噴泉般冒出水來，廁所已經淹水。

「妳有一早就沖澡的習慣嗎！」

「我沒有沖澡。」

「不要呆滯又認真地回答！」

「空太真是麻煩。」

「是我嗎？問題出在我身上嗎？」

空太關上水龍頭，拿出所有的抹布鋪在廁所裡。

這時，他的腦中閃過昨晚千尋說的話。

——因為對真白而言，這裡最適合她。

原來是這樣，當時所指的就是這樣吧。

——馬上就會知道了，尤其是你。

「可惡！那個嫌麻煩的老師！居然全都推給我！」

雖然現在才發現已經太遲了，卻還是忍不住想要抱怨。

「上學會遲到喔。」

「椎名妳沒資格這樣講！」

空太出自靈魂的吼叫聲，響遍了春季的天空。

## 5

這天晚上，空太為了針對椎名真白這個大問題決議對策方針，所以利用晚餐的時間召開了櫻花莊會議。

也就是全員商量決定共同生活規則的場合。

從負責三餐、採購、打掃浴室等日常工作分擔，到負責處理漏水及蜂窩等稍微有些奇特的任務，一直以來都是以這個會議決定的。

這次召開會議的目的是「負責照顧真白的工作」的設置以及人員的決定。

全員睽違一個月左右再次聚在起居室的圓桌。座位上順時針依序是千尋、美咲、仁、空太以及真白。

拒絕離開房間的赤坂龍之介以聊天室的方式參加。美咲嘴裡含著炸蝦，一邊喀答喀答地敲著鍵盤。

「是的，今天找各位過來為的不是別的，就是要請大家合作解決櫻花莊的嚴重問題。」

與氣勢強大的空太成強烈對比，全員只專注著吃飯，沒什麼人在聽他講話。

為了讓這些毫無幹勁的參加者活過來，空太雙手「砰！」的一聲放在圓桌上。

結果，今天早上遲到了。

洗完臉，讓真白換上與內褲同顏色的襯衣，換掉溼答答的制服，再讓她穿上襪子與鞋子，整理好睡得亂翹的頭髮之後，已經完全超過時間了。

反正都遲到了，就乾脆好好地吃完早餐再優雅地上學去。

雖然趕不上無聊的開學典禮，但至少得在導師時間露臉。

空太帶真白到教職員室時，因居然沒被千尋責罵而感到驚訝，不過似乎是因為遲到沒有比她想像中來得久的緣故。

既然這樣，一開始就把真白的情況說清楚不就好了。

二年級的新學期也因為今早的疲累過度，而完全沒把課聽進去。

放學後，千尋硬是把對真白的校園導覽工作丟給空太。

不管帶真白到哪裡，空太都完全看不出她到底有沒有興趣，所以感到相當無力。

回程也是由空太將真白帶回來，因為真白不記得區區十分鐘左右的路程。

校園導覽結束後，空太回到宿舍。但過了一、兩個小時，真白還是沒回來。

空太因為擔心而前去找她，發現她在校園裡成了迷途羔羊，根本還沒走到回家的路。

而且本人毫無自覺，聲稱這才正要回家。

不只是這樣。

在回櫻花莊的路上，擔任本週採買工作的空太，為了美咲託買的牛奶而順道去了一趟便利商店。

真白在那裡也幹了好事。

店裡的商品還沒結帳就大口吃了起來。因為她從架子上拿下年輪蛋糕時太理所當然，開封得太光明正大，吃得太津津有味的關係，以致於空太一瞬間無法理解狀況。

「那個，椎名小姐？妳在做什麼呢？」

「吃年輪蛋糕。」

「為什麼？」

「因為我喜歡年輪蛋糕。」

「因為喜歡就可以被允許的話就不需要警察了！」

「明明就還有很多。」

「因為它是商品啊！是要拿來賣的啊！」

真白微微歪著頭，一副無法理解的表情。

「椎名妳一直以來都過著什麼樣的人生啊？」

「都在畫畫。」

「其他呢？」

「都在畫畫。」

「…………」

「都在畫畫。」

「我有聽到啦！我是在等妳說其他的話！」

店長聽到騷動的聲音進而發現時，空太覺得丟臉到了極點，只能不斷低頭道歉。在這期間，真白吃完了年輪蛋糕，伸手要拿第二個。

「椎名！妳到底想對我怎樣？跟我有仇嗎？」

「要吃嗎？」

「才不要！」

她帶著可愛的表情，撕下一塊要空太「啊～」地張嘴吃下。

「很好吃耶。」

結果，只能將已經空了的袋子跟吃剩一半的袋子拿到收銀台結帳。因為店長認識空太，只覺得她是個奇怪的女孩而哈哈大笑。這對空太來說是最起碼的救贖。

「這些是我今天一天所知道的恐怖事實。」

「嗯，這也無可奈何。」

一個人以啤酒擺起酒宴的千尋如此說著。

「因為這孩子一直以來只學習美術，所以跟一般人有點不一樣。」

「不、不，這不是只有一點吧！」

即使被說得這麼悽慘，話題的中心真白倒是靈巧地用筷子把炸蝦剝得精光。之後以非常自然的動作，把剝下來的麵衣放到空太的盤子裡。

「妳在做什麼？」

「脫皮了。」

「現在是講笑話的時機嗎！」

「又不好笑。」

「用不著特別否定！」

她微微歪著頭，又把興致移向解體作業，把第二隻炸蝦變成一般的蝦子。剝下來的麵衣再度移到空太的盤子裡，然後將全裸的蝦子一口放進嘴裡。

「而且她非常挑食。」

「老師，這種事情下次請先全部說清楚好嗎！」

因為浮現新的問題受到打擊，而有機可乘的空太盤子裡，這次被美咲奪走了兩隻炸蝦。才要發出抗議，炸蝦已經進了美咲嘴裡。

「連學姊妳也……在做什麼啊！」

「只有學弟從小真白那裡分到了東西，太奸詐了！」

「那就請妳拿走這個脫皮後的空殼！」

「因為人家正值發育期啊！」

美咲大剌剌地抬頭挺胸。

「我也是啊！」

「我個人覺得，筆電跟不穿內褲（註：兩者日文外來語略詞的寫法相近）是很相似的。」

「這又是在演哪一齣！」

「好了，好了。不要撒嬌耍任性了，神田～～幫我拿啤酒出來。」

已經喝翻的千尋，把空酒罐往空太滾過來。

「自己去拿！」

「你離得比較近吧。」

無言的仁苦笑著站起身，從冰箱裡拿出啤酒遞給千尋。

「三鷹真是好男人呢～～跟神田簡直是南轅北轍。」

「老師根本不管是誰只要給啤酒就好了吧！而且現在的話題是該拿椎名怎麼辦！」

「我只聽父母說她需要人看護，所以才決定把她安置在櫻花莊。」

看護。正是如此才更覺得可怕。

「那就請老師妳負起責任照顧她！」

「喂、喂，別說些不可能的事了，空太。」

插嘴的是已經吃完晚餐，不斷用手機傳簡訊的仁。

「這個會議沒有意義。」

「這樣我會很麻煩困擾的！」

「這種事想都不用想吧？我偶爾才會回來，拜託美咲照顧別人本身就是件不可能的事，身為青梅竹馬的我所說的準沒錯。加上千尋現在忙著聯誼活動，要她帶著拖油瓶未免太可憐了。」

有一個人的名字沒被提到，而仁的意思是連提都不用提。

「所以我不是正將最後的希望賭在仁學長身上嗎！」

「什麼啊，那更不可能吧。我星期一是演劇學部四年級的麻美學姊；星期二是護士紀子；星期三是花店的加奈；星期四是年輕太太芽衣子對吧？星期五是賽車女郎鈴音；週末則是粉領族留美不讓我回家啊。怎麼想都沒空。」

「你這個受歡迎的傢伙！已經進階到土邦主的層級了嗎！將來打算搬到印度去嗎？你這個傢伙！」

「別這麼激動，我又沒做什麼壞事。」

「你也有點自覺吧！至少跟有夫之婦在倫理上是不對的！」

「啊，這麼說倒也是啦。前陣子差點被她丈夫發現，當時真是危險。」

打完簡訊之後，仁終於放下手機。

同時，千尋開始咕嚕咕嚕地喝起今天的第六罐啤酒。

「就我而言，實在不能眼睜睜看著可愛的表妹遭到三鷹的毒手，所以這個部分不會列入選項。也就是說，不管神田你怎麼叫都沒有用。」

仁對此自嘲地笑著。不，顯然是覺得很有趣。

「那個，斗膽請問一下，老師的選項裡還有其他人嗎？」

「選項是準備了四個，不過四個內容都是你。」

即使面對遠比想像還要愚弄人的回答，空太也不退縮。在這讓步的話，就會被輕易攻破。

「我可是預定最近就要搬出櫻花莊了，所以沒辦法。一定不行。」

「你找到貓的飼主了嗎？」

仁帶著淺笑看過來。

明知故問。

「那個～～」

嘴唇因炸蝦而油亮亮的美咲，看著筆電的螢幕畫面。

「什麼事？」

「龍之介說『我沒有閒到可以浪費時間在這種世俗的無用會議上。下線了。』……啊，離線了。COME BACK！不過他也不可能回來……如此這般，我吃飽了。肚子吃得好撐。」

「好。那麼『負責照顧真白的工作』就決定是空太了。解散！」

仁拿起手機站了起來，他沒有回房而是往玄關走去。今天是週二，所以是護士紀子之日。

美咲無力地目送仁到完全看不見為止。

「大家辛苦了。那麼，我也要繼續重製的作業了。加油囉～要做囉～一定要完成囉！」

說完，美咲收拾好筆電，以小跳步的步伐上二樓去了。

一旁的千尋又從冰箱裡拿出啤酒。

留在圓桌旁的只剩空太與真白。

現場流動著沉重的氣氛。

這樣的人際關係還是第一次碰到——看護與被看護。

腦內混亂的漩渦轉個不停。

「空太。」

「什、什麼事？」

「請跟我好好相處。」

真白彎腰行禮致意。

「喔、嗯。我才要請妳……不對吧！為什麼妳已經一副要讓人照顧的樣子了？」

「空太說的話，有時候真讓我搞不懂。」

「如果錯的是我，世界現在就可以毀滅了……」

「這樣我很困擾。」

「啊～～可惡！腦袋都變得不正常了！我一定要搬出去。我一定要離開櫻花莊！」

四月六日。

櫻花莊會議紀錄上這樣寫著。

──「負責照顧真白的工作」決定由神田空太擔任！加油吧，學弟！我會支持你的！書記．上井草美咲

# 第二章
# 該怎麼辦？

## 1

神田空太的早晨很早就開始了。

還不到六點半。

在設定用來代替鬧鐘的手機旋律響起之前，有時是被白貓小光的屁股壓住，有時是吃了黑貓希望的貓拳，有時則是受到花貓木靈的腹部攻擊，便從夢境的世界被強制遣返回到現實。

接著才響起的輕快曲子，是中學時熱愛的ＲＰＧ戰鬥音樂。為了一早就能注入精神，從今年四月起才把它設定為鬧鈴聲。聽完一段，總覺得自己一定辦得到任何事。

一早起來先洗臉，之後與在腳邊磨蹭著要飯吃的七隻貓一起前往飯廳。

準備好貓食，貓咪就會卯起來狂吃。這段時間空太也咬著吐司，並咕嚕咕嚕地喝著牛奶。

這些是再平凡不過的例行公事。

只是有些不太一樣的地方，就是每次打開冰箱時還是會稍微感到沮喪。

冰箱門正面的值班表，花花綠綠的磁鐵貼得到處都是，其中有個不能忽視的紅條子。

──負責照顧真白的工作　神田空太

紅色是永遠的紅色——非輪流制的證明。

即使精神上確實受到打擊，空太還是捧著從美咲那裡借來的迷你筆電，接著走到廚房去。開啟能輕鬆製作便當食譜的網站，開始準備料理。

今天是炸鮪魚、菠菜與火腿的涼拌菜、醬油風味的炒紅蘿蔔，取決於昨晚的菜。真白也同意吃這些東西。不知道是基於什麼原則，真白好像並不排斥所有炸的東西。

空太吃著另一片土司，迅速做起料理。

他不時盯著螢幕確認作法。在等待的過程中，順便看看電玩開發者的部落格來打發時間。同時也不忘與以聊天室跑來亂的龍之介進行交談。

——神田對死亡伏筆有什麼看法？

——你是說像「這個戰爭結束後就要向她求婚」之類的嗎？

——沒錯。雖然有各種不同的前例，但在故事的世界裡卻以常識上不可能會有的強制力來作用。不小心說了粗心話的登場人物，將背負死亡的命運。有時死得很難看；有時則是華麗壯烈地死去。我不禁想到，他們究竟知不知道死亡伏筆的存在？

——不，應該不知道吧？

龍之介雖然是個怪人，卻不是讓人感到不愉快的傢伙。這是空太跟他聊天後對他的印象。

——越是描述接近現代世界觀的真實人物的故事，應該越能理解它的存在與強制力吧。但是卻還是埋下了死亡伏筆，是不是小說家或劇本家想要表達人類可悲的天性呢？

——真是順利地將對話帶往麻煩的發展呢，喂。

——這麼一來，就會產生「現實世界是否也存在著死亡伏筆」的議論。

——那麼，這個話題會聊很久嗎？鮪魚快焦掉了。

——沒辦法。那就下次再聊了，同志。

——啊，對了，我們今年同班喔。

——班級不過是別人所決定的集合單位，沒有任何意義。

龍之介離開了聊天室。

同一時間，料理也完成了。

空太迅速地將配菜放入已經盛好飯的便當盒裡，分成空太的份以及真白的份。

「喔，看起來很好吃嘛。」

他用手抓了一點嚐嚐看，每種菜味道都很不錯。

「我要做的話還是做得來嘛。不妙，好像有點開心了起來。」

空太如此自吹自擂，卻又突然被拉回現實而感到空虛。

「話說回來，我到底在幹什麼啊……又不是在為男朋友做便當的純真少女！」

空太到去年為止，午餐幾乎都是到學生餐廳或福利社解決，每天早上可以多睡個三十分鐘。現在提前起床做便當的原因就是真白。

那是兩週前的事。

新學期很快就來到了下午也得上課的第二天。中午休息時間，空太去看了看真白的狀況，發現只剩下她一個人呆坐在教室裡。

空太無可奈何，只好邀她一起去學生餐廳吃飯，結果又是受到注目。真白非常挑食，不喜歡的東西全丟到空太的盤子裡。託她的福，又傳出了一些奇怪的謠言，實在沒辦法安穩地吃飯。

而且還遭到落井下石——

「咦，那是櫻花莊的人吧？」

「笨蛋，眼神不要跟他們對上。」

「我還是第一次看到呢。好棒喔，會動耶。還正在吃飯。」

「喔，糟糕！不離他們遠一點，會被傳染櫻花莊菌的。」

像這樣完全被當成珍禽異獸，更讓空太心靈受挫。

雖然他也想過「既然如此，以後就改到福利社去……」但光想起真白猛吃便利商店食物的經驗，就在嘗試前先放棄了。

所以關於午餐，後來就演變成先確認真白想吃的東西之後，再由空太每天早上做便當的悲慘發展。

空太並不特別喜歡做菜，當然也不特別在行。在櫻花莊裡，仁是完美主義者，美咲則是相當靈巧、樣樣精通；就連千尋會的菜色都比空太多。空太的做菜技術在櫻花莊裡的排名，從後面數來還比較快。

他原本向每天做自己與仁的兩人份便當的美咲商量。

「那麼，加上學弟的便當，我們來做俄羅斯輪盤便當吧！只有一個人的便當放芥末飯，讓他下地獄去吧！戰慄與懸疑的午休就此揭開序幕～～！」

她喜孜孜地說著這種聽起來不像玩笑話的恐怖點子。空太決定，這件事就當做沒發生過。

人生本來就沒那麼輕鬆簡單。

「你做菜就做菜，一下子興奮一下子沮喪，感覺很噁心耶。」

不知何時出現在飯廳裡的千尋，伸手越過餐桌拿了多的配菜。

「妳怎麼可以說學生噁心！真要說起來還不都是妳的錯！老師居然放棄監護人的責任，波及到我身上！」

「不是有句話說，年輕的時候要盡量多吃些苦嗎？」

千尋用手抓了炸鮪魚放進嘴裡。

「啊，等一下！」

「什麼嘛，做得很好吃嘛。神田，我的份也拜託你了。」

「居然可以這麼厚臉皮。」

這時又有另一個人進來。

「什麼事啊～～什麼事啊～～也要把人家當成其中一份子嘛～～」

美咲唱著謎樣的歌，從二樓滾下般衝了下來。

「鮪魚！有鮪魚的味道！」

一早有很有精神的美咲，像貓一般跑到餐桌旁，挺出身子以迅速的手勢連續將三道菜送進嘴裡。

「怎麼每個傢伙一早就這麼亂來，喂！」

「好吃～～我跟仁今天的便當就決定是這個了！」

「我又沒說要給妳！」

「別說這麼小氣的話。」

千尋將架子上的便當盒遞過來，空太反射性地接下。

美咲則在另一旁以熟練的手勢，擅自將配菜塞進自己的便當盒。

因為考慮到料理失敗的可能，所以分量多準備了一些，夠五個人吃這點，令人覺得不甘心。做太多了。

「一早就在做什麼？」

難得在櫻花莊迎接早晨的仁也起床了。他看著廚房，不發一語地判斷現在的狀況後，爽朗地說道：

「嗯，偶爾這樣也不錯啦。」

「學弟隨時都可以嫁人了呢～～」

「是啊。」

空太裝著千尋的便當，漫不經心地回答。

確認一下時間，還不到七點。

已經是四月下旬了。進入第四週，大概是對於做料理已經比較熟稔了，所以比想像中更快完成。昨天做完便當時已經七點多，是該叫真白起床的時候。

今天時間比較充裕。

空太突然想到什麼，將手伸向迷你筆電的鍵盤。

以椎名真白當關鍵字搜尋。

「什麼、什麼？在看色情動畫嗎？」

美咲把臉湊近螢幕。

「我無法一早就那麼精力充沛。」

立刻顯示出查詢結果。

有數十萬筆。

幾乎都是英文。

「喔，小真白啊～～這麼說來，我好像也沒有看過。」

他點選了最上面的網頁。

是國外美術館的官方網站。

仁也好奇地靠過來，只有千尋還在飯廳的圓桌邊一個人喝著咖啡。

「英文看不太懂耶。是這個嗎？」

搜尋到真白的名字後，螢幕畫面突然發亮。

網頁的設計非常簡單。

群青色的背景展示著一幅畫。

是轉拍展示在美術館牆上的圖。

看到的那瞬間，全身的毛細孔都張開了，彷彿全身的神經都要衝出來似的。

美咲發出不成語句的讚嘆聲，仁則嚥了口口水。

空太的意識被吸入小小的螢幕裡。

「這是怎麼回事？」

乾渴的喉嚨無意識地吐出這句話。

空太無法理解這是不是好東西。即使如此，還是被這幅有抽象及象徵性設計的圖畫強烈地吸引著。

無法以言語形容。

看得見光、看得見聲音、看得見風，就是這樣的一幅畫。

捲動畫面就看到評審的評語，貼心地連日文翻譯都有。

——對能表現出光、聲音、空氣等眼睛看不到的東西的感性與技術之高超致敬；獨特的世界觀；無法用道理解釋；椎名真白以這一幅畫進入天才的領域；我們的常識已不適用在她身上。

對她的畫讚不絕口。

空太第一次看到有人會這樣稱讚其他人。

他總覺得心情靜不下來，有些粗魯地關掉迷你筆電。

「神田，時間差不多了吧？」

「啊、糟了！」

他因為千尋的聲音而回過神來。

空太準備好熱毛巾後，便推開哼著謎樣歌曲的美咲，往二樓走去。

「喂～～椎名！天亮了！雖然說也沒用，但妳還是趕快起床！」

過了兩秒還是沒有反應。

空太大剌剌地打開房門，然後大搖大擺地踏進房間。

今天床上也不見真白的身影。她正睡在桌子底下的衣服及內衣褲堆裡，微微露出睡亂了頭髮的腦袋。

空太邊叫她起床，邊將熱毛巾按住她違抗重力的頭髮。

真白還沒醒來。

以經驗研判，大概還需要五分鐘。

房間是可怕的景象，明明昨天睡前才整理過的。

電腦也是開著的。

至少還有可以走路的地方。

這時，空太目光停留在Ｂ４大小紙張的上面。

那是被列印出來的漫畫原稿。

仔細一看，原稿散落在房間各處。

空太一直以來都覺得不要隨便干涉而直接略過，但今天好奇心勝過了自衛本能。

也許是因為剛剛看了美術館網站上真白的畫。

他撿起第一張，之後的則隨意收集起來。

把紙張排列成正確的順序。

總共三十二張，一篇完結。

他一張張依序看了起來。

畫得很棒，真的非常棒。不管哪個角度的人物都畫得相當恰當，製作出非常漂亮的構圖，展現出壓倒性的畫工。

分鏡也很有趣。因為隨意地畫出人物及背景的構圖，使用了不太常見的表現方式。

循著一張張仔細描繪的畫，來到最後一張、最後一格然後結束了。

在桌上整理一下原稿，輕輕地放在邊桌上。

「……真無趣。」

無趣到令人驚訝。

內容貧乏的程度會讓人以為是在開玩笑。

類型是少女漫畫。

無趣的女孩愛上無趣的男孩，沒有任何劇情，結果是「那我們來交往吧」的故事。

「不，應該也會有這樣的情況，但是那又怎樣啦！」

那是會讓人想如此吼叫的空洞漫畫。

「……早安。」

真白慢吞吞地從桌子底下出來。

上半身是格子花紋的短袖睡衣，下半身則彷彿將褲子遺留在夢裡一般赤裸著。白雪般的肌膚與細長的腿，擾亂著空太的平常心。

「椎名！下面也要穿上！妳是在誘惑我嗎！」

上衣的下襬剛好只到臀部下方。每當睡昏頭的真白身子左右搖晃時，下襬便飄然搖曳，隱約可見藏在底下的肌膚，但是更裡面的部分若隱若現。那個令人心跳不已的感覺，讓空太看得目不轉睛。

真白以不穩的腳步，半閉著眼走到梳妝台前坐下。

她對於空太的動搖毫不在意。

「如果能這樣忍受著撐過煩惱，我就能成仙了。」

空太心中吐槽著「就算成仙又能怎麼樣」，邊幫真白梳頭髮。使用造型噴霧及吹風機，靠蠻力讓頑強亂翹的頭髮屈服。

「美咲有說喔。」

「別突然說話！我會嚇一跳的！」

「她說沒有褲子的話，空太會比較高興。」

「……我說啊，妳不能被她騙了。學姊的腦袋有問題。」

「美咲是很厲害的人……」

真白又開始發起呆來。

「要是我是匹狼，妳早就被吃了。」

剛這麼說完，兩人的視線透過鏡子對上了。

「妳居然能平安無事活到現在。」

「因為沒有狼啊。」

「不，狼只是種比喻。也就是指男生、男孩子、雄性。」

「那也沒有啊。」

「妳以前念女校嗎？第一次念男女合校嗎？」

「空太是第一次。」

「啊？」

「我第一次的男孩子。」

「妳也換個表現方式吧！這樣說好像我做了什麼似的！實際上根本什麼也沒做，反而覺得虧大了！」

「很慶幸是空太。」

「妳、妳在說什麼啊。」

「因為你對我做了很多事。」

「不、不要再恍惚了，趕快換衣服吧！」

「我是醒著的啊。」

空太將一套制服與洗好的內衣褲一起遞給起身的真白。

無法正視她的臉。

在正要離開房間的空太身後，真白開始脫下睡衣。

「等我出去以後再換衣服！我真的會侵犯妳喔！」

空太粗魯地關上門。

無視於真白正在說些什麼。

他將背靠在牆上。

一早就令人精疲力盡。

「我以後到底會怎樣……」

沒有人回答。

沒有人知道。

也許連上帝都不知道吧。

椎名真白那麼有才能。

如同得獎的評語所說。

——我們的常識已不適用在她身上。

真是相當具鑑識眼光的意見。

確實地看穿椎名真白的本質，看得太透了。

「真不是開玩笑的。」

他嘆了口氣，這時真白走了出來。到現在還看不慣她穿制服的模樣。

「那個……」

真白用耳語般的輕聲，叫住不發一語便開始往前走的空太。

「嗯？」

「很無趣嗎？」

「啊？」

「我的漫畫。」

不知該怎麼回答，空太只是苦笑。這麼一來就明白了，漫畫確實是真白畫的。

「妳那個時候醒著啊。」

「果然很無趣吧。」

聲音不帶感情，也沒有任何表情。

空太無法得知真白到底在想什麼。

「學弟！小真白起床啦～～？」

所以他對於被從樓梯衝上來的美咲打斷感到慶幸。美咲也換了制服。

「上學要遲到了喔。」

「說的也是。」

感覺到身後微弱的氣息，邊走到一樓。大家都在那裡等著。

真白吃完吐司後，這一天全員難得地一起從櫻花莊出門。

「赤坂～～麻煩你看家囉～～」

除了足不出戶的赤坂龍之介以外。

「妳怎麼可以拜託他看家啊！他是妳的學生耶！」

## 2

第三堂的現代國文，在漫長的時間後終於結束了。

要離開教室時，級任老師白山小春用活頁紙夾敲了敲空太的頭，他從桌上起身。

「不要在第一排給我光明正大地睡覺。」

與千尋是同屆同學的現代國文老師，外表及說話方式都像個傻大姐。受到一部分的女孩子批評，也受到一部分男孩子的熱烈支持。

在校園裡常看到她與千尋在一起，感情要好的兩人很有名。不太可靠的小春總是由千尋拉著走的既定印象，讓千尋獲得學生們「是個可靠的人」的評價，不過空太不以為然。

「因為老師的催眠曲太舒服了，忍不住就……」

「全學年就你一個人沒繳交志願調查表，居然還敢說這麼壞心眼的話。我要去跟千尋打小報告。」

小春不滿地鼓著臉頰，走出教室。

空太並未目送她離去，而是倒回桌上。

「好累……」

「神田同學，你很礙眼耶，不要在我的視線裡說些負面的話好不好？這樣會害我也跟著蕭條的。」

湊上來的是去年也同班的青山七海。跟她的語氣一樣，她的五官也是俐落分明。優等生般的姿態，以貓來比喻的話，是屬於阿比西尼亞貓。身高是一般的158公分，體重不詳。根據仁的情報，三圍是81、58、83。

她的座號是一號，接下來是赤坂、淺野、生田、荻窪、川崎，再來是七號神田空太。六人六列的座位排列在教室裡，正好在第一排與七海坐在隔壁。一年前也幾乎是差不多的座位排列。

七海以還有很多話要向空太抱怨的眼神看著他。

「唉～～」

「嘆氣也不行！」

「教室是我難得可以安居的地方，妳就體諒一下我吧。」

「剛剛的是第三十六次。」

「嗯？」

「嘆氣。」

「青山妳是跟蹤我的狂熱份子嗎？」

「砍你喔。」

「這裡的人是不說砍人這種話的喔。」

「我、我知道啦。」

除了來自大阪的七海以外，提供宿舍的水高有來自全國各地的學生，班上有將近一半的同學是從外縣市考試入學的。

七海如果平常地說話會變成明顯的關西腔，一年前就是這樣。現在則為了練好標準語而刻意封印關西腔。因為七海的志向是成為聲優，而語調是基礎中的基礎。這一年來，她的標準語聽起來已經沒有不協調感，但是習慣一字一句清楚發音的關西腔還是沒辦法完全改過來。她週末會到事務所附屬的訓練班上課，其他許多部分似乎也在特訓中。

「那麼，扁你喔。」

「不用特地重說一遍！」

「這樣就舒服多了。」

「不管哪種說法，女孩子都不太會用。」

「吵死了，你自己還不是連志願調查都還沒繳。」

「像寫自己名字一般，理所當然地寫上演劇學部的青山同學，真是讓人尊敬。」

「敢瞧不起我。」

他被瞪了一眼。說尊敬明明是事實。

「話說回來，神田同學到底打算在櫻花莊待到什麼時候？」

「我才想知道呢。」

「你再不趕快離開，就太遲了喔。」

感覺上已經太遲了。在學生餐廳裡像關在籠裡的熊貓般引人注目的事，現在仍記憶猶新。

那時與真白在一起，連空太跟櫻花莊的關係似乎也確實地在校園中廣為流傳。也難怪空太會想嘆氣了。

「我已經給你忠告了。」

在班上沒有太格格不入的原因，應該是多虧了像七海一樣一年級就同班的人，會過來與空太交談的緣故。不得不感謝他們。

總之，空太雙手合掌，膜拜了七海。

「幹嘛，你在耍我嗎？」

七海以如冰般的眼神看著空太。

「沒有，我只是想傳達感謝之意。」

「你要是做太多意義不明的事，當心會被說『果然是櫻花莊的』喔。」

真是那樣就糟了，空太只好把膜拜的手收回。

七海依然以冷漠的眼神瞪著空太。

「你在看什麼？」

「不，只是在想我是不是有什麼事要找妳？」

「這種事問我有什麼用？」

「開玩笑的啦。我當然記得找妳有什麼事。」

「你在耍什麼白癡！」

「偶爾總是要耍一下笨。光是吐槽，心理會不平衡。」

「誰管你精神的平衡啊。那你找我有什麼事？」

「美咲學姊說又要拜託妳。」

「這麼說來，新作品又完成了嗎？」

「只有動畫的部分。」

「做得如何？」

「那個人的頭腦果然有問題。真的很棒，好到讓我害怕。」

「……這樣啊。嗯，我想要配音……我是很想做，只是……」

她有些含糊其辭。

「不想做，拒絕就好啦。」

「不，我很想做。之前也是這樣，如果不是在這裡，大概不會有這樣的機會。」

去年七海參與了美咲所發表且大賣破十萬張的ＤＶＤ動畫。另外還拜託了大學演劇學部非常厲害的學長姊們幫忙。

「只是有一點……」

「有一點什麼？」

「懷疑自己是不是真的可以，因為很受到矚目吧？」

「既然是美咲學姊說要拜託青山的，有何不可？」

「其實我也不知道要怎麼跟那位上井草學姊相處，而且也搞不清楚她的演技指示在說些什麼東西。神田同學你也會來擔任翻譯嗎？」

「我什麼時候變成翻譯了？」

「你不來嗎？」

「會去啊。」

「什麼嘛，那你就可以當翻譯啦。」

「是，您說的是。那我就回覆她ＯＫ囉？」

「嗯，不嫌棄的話。」

「那我馬上跟她聯絡。」

他拿出手機打了簡訊，結果——

——愛你喔！

美咲的簡訊隨著等級提升時的軍樂鈴聲一起回覆過來，空太便再度打了簡訊傳回去：

——我們分手吧。

空太之後便置之不理。等級再度提升，但這樣只是浪費簡訊費用及訊號，所以他就沒再回傳了。

七海彷彿有話要說似地看著空太。

「對我還有什麼不滿嗎？」

「小光還好嗎？」

「好得很。臀部發育得很不錯。」

他秀出手機螢幕上的照片。

「總覺得體積好像變大了。」

與白貓小光已經認識了將近一年。

去年的五月中旬與牠邂逅，現在牠已經逐漸習慣了學校跟宿舍。

當時是放學時間，還是隻小貓的小光被丟棄在校門口的紙箱裡。幾十名學生圍在旁邊，嚷嚷著好可愛、好可憐，卻沒有學生伸出援手。

空太偶然路過，七海也剛好跟他在一起。

棄貓被當成看熱鬧的對象，並不是什麼讓人愉快的事。為了甩開煩悶的情緒，空太把貓帶回了宿舍。

那時作夢也沒想到，這居然會成為後來被趕出宿舍的原因。

「這個給我。」

沒經過空太同意，七海便用紅外線傳輸照片檔案。

設成待機畫面後，得意地秀給空太看。

「本來是我的。」

「另外……」

七海撇開視線，好像還有什麼事。說不定貓的話題只是拿來當引子而已。

「嗯？」

「新來的學生。」

「喔。」

「來上學了吧？」

「是啊。」

「如何？」

「……」

「幹嘛不說話？」

「不知道該說什麼。」

「她長得很可愛吧？」

「是啊。」

「她長得非常可愛吧。前陣子我瞄到了一眼。」

「一般而言是這樣沒錯。」

「就神田空太而言呢？」

「與未知的相遇。」

「嗯～～這樣啊。」

七海感到無趣地別過臉去。

「我說的是不好的意思。」

「幹嘛還要解釋啊。」

七海的視線朝著門外，走廊的方向。她的目光一瞬間閃過一絲驚訝。

趴在桌上的空太將視線往上移。

還記不得名字的男同學看著這邊。

「喂，神田，有人找你。」

對方倒是記得空太的名字，因為櫻花莊的高知名度。

真白從這名男同學的背後走了過來。

空太忍不住發出了「嗚啊」一聲，警戒著站起身。

真白光是踏進教室一步，周圍的空氣都跟著變了。名為騷動的集合體，在空太與真白之間來回。

不明究理的人，只覺得她是個看起來非常可愛的轉學生。真白的存在，已經在這個四月成為全學年的傳聞。不但具有天才年輕畫家的經歷，更有著從未見過的氣質，任誰都會有興趣，更何況還住在櫻花莊。即使如此，之所以沒有任何同學當面問他有關真白的事，大概是因為空太持續釋放著最強大「不准提到她」的氣場吧。

提到有關真白的話題的同學，剛剛的七海是第一位。

真白看著空太說：

「空太，我肚子餓了。」

「啊？妳在說什麼？」

「我想吃年輪蛋糕。」

「為什麼要跟我說？」

「你沒有嗎？」

「當然沒有！」

「可是麗塔都會給我。」

「那是誰啊！」

「真可惜……」

真白的肚子可愛地咕嚕作響，準備走出教室。

她走到門口停了下來，像還有所留戀般回頭看著空太。

「虧我這麼相信你。」

同學的視線像針扎一樣刺痛。

真白無精打采地走回去，背影飄盪著哀愁。

再這樣下去，空太就會被當成對女孩冷漠無情的男生，未來兩年的高中生活將陷入混沌泥沼。光是住進櫻花莊，就已經夠黑的了。

「我知道了！我知道了！是我不好！」

空太衝出教室拉住真白。

「等一下，神田同學！第四堂課已經要開始了！」

七海提醒他的同時，上課鈴聲響了。真白的肚子也再度響了一次。

「我馬上回來，妳隨便幫我找理由搪塞過去！」

「不要拜託我做這種事！」

空太決定翹掉第四堂課，帶著真白前往福利社。

大片白雲在藍天飄著。

上課中的教室頂樓，只有空太跟真白。

空太躺在長椅上，真白坐在旁邊，將年輪蛋糕一片片剝下來吃。

可說是超乎幻想、超乎想像、超乎規格。

本以為辛苦的只有一開始，真白應該會逐漸習慣新生活與新規則吧——空太抱持著這樣天真的期待。

想起這兩個禮拜以來的日子。

如果讓她使用洗衣機，只要視線一離開，她就會丟進一整盒的洗衣精，搞得周圍到處都是泡沫，清掃起來很辛苦。真希望有可以除去洗衣精的清潔劑。

要是拜託她打掃浴室，她就會搞得全身濕答答。真搞不懂是洗了浴室還是被浴室給洗了。

讓她一個人去買東西的話，就會理所當然地迷路。多虧千尋讓她帶著附有ＧＰＳ的手機。但是打電話過去也不接，最後還是空太去接她回來。

還有其他令人頭痛的狀況不勝枚舉。

其中最大的問題是，真白毫無自覺。

她覺得自己跟一般人沒兩樣。

也因此，要她記住事情或習慣，簡直就是天方夜譚。

每天都會發現新的事實，問題有增無減。

「椎名，妳的第四堂課是？」

「體育。」

「翹課沒問題嗎？」

「因為排球只能見習。」

「為什麼？身體不舒服嗎？還是受傷了？」

「手指不能受傷。」

不在空太理解範圍內的回答，卻莫名地有說服力。

誕生出吸引人的作品，就是真白那白皙又細長的手指。

「我倒是覺得打排球也無所謂。」

「咦？」

「可是老師說不行。」

「真是嚴重。」

「是啊。嚴重地不行。」

想要解釋不是那個意思，但是空太沒說出口。

「妳剛剛說的麗塔是誰？」

「朋友。」

「在英國時的朋友？」

真白微微地點頭。

「室友。」

「妳一定給麗塔找了很多麻煩吧。」

「我喜歡麗塔。」

「為什麼妳的對話牛頭不對馬嘴。」

空太挺身坐在長椅上。

「椎名真的很會畫畫。」

「沒那回事。」

「不，真的很會畫。我看了妳得了什麼獎的那個畫。雖然我不太懂藝術，但是確實感受到了魄力。」

「……」

「如果是學習美術的話，待在國外不是比較好嗎？」

「是啊。」

「那妳為什麼要回來日本？」

或者是在要上大學時再回國也好。

不，如果真要發揮才能，還是應該待在國外。

真白將最後一片年輪蛋糕放進小嘴裡，用吸管喝起鋁箔包裝奶茶。

看樣子這話題就這樣被帶過了吧──空太正這麼想的同時……

「我要成為漫畫家。」

真白以非常清楚的口吻說著。

不是「想成為漫畫家」，也不是「以漫畫家為目標」。

而是要成為漫畫家。

「為什麼啊！」

空太的聲音大到連自己都嚇一跳。

成為漫畫家。這個回答從今天早上看過原稿的情況看來，是其中一個可能性，不過大概是百分之一左右。還是覺得不可能，不可以。

以空太的理解範圍實在無法接受。

真白擁有在藝術界裡受矚目的才能，是超越空太所知的了不起的才能。

連美術獎的評審都給予她天才的評價。

這樣不就得了嗎？真白已經擁有大家想要也得不到的東西。證明自己的方法──可說是獨一無二的才能。然而，為什麼會說出要成為漫畫家這種話？

「意思是要與藝術兼顧嗎？」

真白搖頭表示否定。

「只想當漫畫家？」

她這次則點了點頭。

「不行，我無法理解。」

空太如同字面所示，做出了舉手投降的姿勢，就這樣向後仰躺。

「你們兩個，居然在這裡給我光明正大地翹課！」

氣勢逼人地打開門走到屋頂的正是千尋。

站在躺著的空太頭頂的位置，以雙手交叉在胸前的姿勢俯視著他。

「等一下、老師，請不要靠我太近！會看到！」

千尋穿的畢竟是緊身裙，沒那麼容易看到。

「光是內褲就可以這麼興奮，真羨慕你啊。」

「要是看到老師的內褲，我一定會石化的！」

他慌張地起身。

「別說蠢話了，趕快回去上課。」

把奶茶喝完後，真白從長椅上站起身。

一個人往校舍方向走回去。

「神田也是。」

「老師，可以問個問題嗎？」

「什麼？」

「椎名到底是怎樣的人啊？」

視線追著已經看不到的背影，空太目不轉睛地看著門。

回頭看著空太的千尋眼裡，帶著試探性的光芒。

「完全不知道她在想什麼。」

「這也沒辦法。因為當你還在學習歡笑、哭泣與憤怒的時候，真白已經握著畫筆了。」

「她家裡是這樣的背景嗎？」

「她的父親可是具有在英國美術大學擔任講師的實力喔。不過身為畫家倒不是很有名就是了。母親也是美術大學出身，可說是藝術家一族吧。現在都還在英國。」

「就算這樣，也不會亂七八糟到這種程度吧。」

「誰知道呢。如果是在學習以表情或聲音把自己的感情傳達出來之前，就已經先學會了以繪畫來表現自我的人，這說不定也不是那麼難以理解。」

千尋輕鬆地說出口的話，讓空太停止了思考。

也就是說，椎名真白這個人的前提就跟別人不一樣。

活在繪畫裡的世界——大概是這麼回事吧。

「所以她自己不會笑嗎？」

「那也是才能。」

「這樣的話，以她的才能來畫漫畫好嗎？」

「那是真白的問題，我也不清楚。」

「可是……」

「我知道你想說什麼，但那又何妨？如果她能成為很厲害的漫畫家也好。」

「……不難想像父母親一定反對吧？」

「目前沒有，因為沒告訴他們她來日本的理由。表面上是為了將日本的事物融入作品裡的反向留學。」

「哇～真是不負責任的大人啊。如果被知道了怎麼辦？」

「那不是你該干涉的，是真白與家人的問題。不對，應該說是真白自己的問題。我雖然幫助她住在日本，但之後的就不關我的事了。包含她成不成得了漫畫家。」

「真是隨便啊。」

「少擔心別人的事了，趕快先把自己的志願調查繳出來吧。」

「妳還記得啊。」

「你再不繳的話，我會被學年主任唸的。」

真希望她忘了就算了。

為了逃避千尋的視線，空太看著天空。大片的雲已經散去，消失無蹤。

「非得要有想做的事不可嗎？」

千尋「哼」的發出笑聲。

「雖然不過是個志願調查，不過看到你就覺得多少還是有意義的。」

「啊？原本是沒意義的嗎？」

「一定只是為了發掘沒寫『總之先升學』的學生吧？為了讓老師有競爭的感覺。」

「唉……」

「等你變成大人就知道了。接在『總之先』後面的詞，只要是『來杯啤酒』就夠了。」

「真要說亂七八糟的人，這裡就有一個。」

這時，告知第四堂課結束的鐘聲響起。

千尋本來還想說些什麼，後來便作罷而離開了屋頂。

「將來啊～～」

現在還沒決定。

今天也沒有進展。

仍然專心一意地摸索當中。

「總之先吃飯吧。」

## 3

引頸期盼的黃金週，空太既沒有出去玩，也沒到福岡的家去，就在陪美咲收錄聲音以及持續照顧真白中度過，很快地來到最後一天。

五月五日。兒童節。

時間已經到了晚上十點。

悠閒地泡完澡，細細品嘗人生的空虛，然後走出浴室。外面是一片高麗菜園。

走廊兩側排滿了鮮綠的球體，彷彿飛機跑道的引導燈。

「我真的太累了。」

空太緊閉雙眼搖搖頭。

要看到幻覺，現在還嫌太早。

但是天不從人願，當空太張開眼睛時，高麗菜園還在。

「外星人終於開始進行侵略了嗎？地球也完了。」

沒想到有這樣的外星人存在，居然會做這種小兒科的惹人厭的事。

應該是來自高麗菜星球的高麗菜星人吧。

不，會做這種蠢事的人，放眼遼闊的宇宙，只有一個。

犯人就是櫻花莊引以為傲的怪人——上井草美咲。錯不了。

去年也發生過類似的事。

萬聖節時，櫻花莊裝飾著不知從哪來的橘色南瓜。在那期間，美咲都以特殊造型裝扮度過日常生活。到學校裡也扮成小魔女的樣子，幾乎每天都跟生活指導老師起爭執。

聖誕節時，她把掛滿燈飾的樅樹種在院子裡，附近的大人跑來抱怨，孩子們則歡呼叫好。她當天還以穿著迷你裙的聖誕老公公裝扮，興奮地在街上到處分送禮物，也不管認不認識對方。

不祥的記憶一個個被喚醒。

新年及女兒節，文化祭與體育祭。完全不在乎給別人帶來麻煩，一個人情緒高漲，空太則在後面幫她擦了不少屁股。

「但是，為什麼是高麗菜？」

就空太所知，兒童節並沒有拿高麗菜來祭祀的習慣。

高麗菜的引導燈延續到仁的房間。

空太敲了門卻沒有回應。

「我要開門了喔～～」

門沒上鎖。

打開門。

高麗菜王國誕生了。房間裡堆了比走廊還多的高麗菜，青菜味刺激著鼻子。

床舖、書桌、書架原本全是時髦黑色的仁的房間，現在已不見蹤影。屈服於綠色高麗菜球的侵略，仁王國已完全消滅。

「這真是太慘了。」

不見製作出綠樂園的兇手人影。

床上只放置了裝貨物用的大木箱。

靠近箱子，可以聽見睡覺的呼吸聲。

不用確認也知道裡面裝了什麼。

「美咲學姊……妳在別人的房間裡幹什麼……」

「你才是，在我的房間幹什麼？」

差點叫出聲音的空太回過頭去，看到仁一臉不耐煩地站在那裡。

「不是我喔。」

「我知道……是美咲吧？」

單手摀住臉的仁深深地嘆了口氣。

「我早就有預感，心想美咲這傢伙今年一定也會這樣。回來一看果然不出我所料。」

「兒童節有裝飾高麗菜的習慣嗎？」

「宇宙這麼廣大，總會在某個星球有吧。」

仁滿不在乎地回答，並走進房間。

「去年也發生了這樣的事嗎？」

「嗯。當時一回房間，就看到用鮮奶油裝飾自己的美咲在裡頭等著……」

仁以不想想起的語氣回答。

「謹表哀悼。」

仁走到空太的旁邊，看著床舖上的箱子。

「今天該不會是仁學長的生日吧？」

「很遺憾，的確是。」

「這樣就可以理解了。不過，為什麼是高麗菜？」

「大概是因為覺得綠色很美吧？誰會知道美咲在想什麼。」

「你們不是青梅竹馬嗎？」

仁看來本想說些什麼，卻只是苦笑。

兩人的視線自然朝向箱子。

「呃～～那我先告辭了。」

仁將手放在正準備離開房間的空太肩膀上。

「對於平常這麼照顧你的學長，你都不想伸出援手嗎？」

「明明就沒怎麼照顧我！」

「不不，我有照顧你。我請你吃過午餐。」

「那只有一次吧！請放開我！」

仁緊抓著空太的肩膀，握力大得讓空太感到疼痛。

「居然想讓我一個人打開這麼危險的東西，你到底有沒有神經啊！」

「想把別人牽連進來才是沒有神經吧！大概不會爆炸，所以沒問題的！」

「那也只是大概吧！大概！」

「那麼，絕對沒問題的！只就物理上而言！」

「你那是什麼不負責任的態度啊！意思是就精神面上會爆炸嗎！」

大致上可以想像內容是什麼，所以空太跟仁都不想打開。

「既然是生日禮物，就請你心存感激地收下吧！不，應該是勇敢果斷地收下！」

「空太就是這種人，就算會幫助小貓或真白，對我還是見死不救。真令人難過，虧我一直相信著你。」

「因為我的警報鈴聲大作！我的本能叫喚著打開就會看到不該看的東西！現在正在我心中大叫著！」

「算了，既然你這麼說也沒辦法。就這麼辦吧。」

「你要怎麼做？」

仁鬆開了放在空太肩上的手，空太沒再逃跑。接著，仁便以驚人的氣勢打開箱子。

「哇！你做什麼啊！」

「哈哈，誰叫你自己要上當。」

「這根本是壞人的台詞吧！」

即使不想看卻還是看了內容物。這就是人類可悲的習性。

美咲在箱子裡。一瞬間，視線完全被奪走。正覺得糟了的時候，仁用毛巾蓋住空太的頭，使他看不到前面。

「空太不能看。」

即使是很短暫的時間，強烈的畫面還是燒烙在視網膜上。

看似睡得很舒服的美咲抱著一顆高麗菜，全身只纏上一圈圈紅色絲帶的姿態非常鮮明。呼之欲出的胸部、豐腴的大腿、令人驚訝的麻雀雖小五臟俱全般的比例，再加上抹了有色唇膏的雙唇鮮豔欲滴，展現出性感。

「啊～～咦？宇宙大戰怎麼樣了？」

美咲說著夢話醒了過來。

空太從毛巾的縫隙觀察。美咲的目光捕捉到仁之後，閃爍著異樣的光芒。

「仁，生日快樂～～！」

像是發現獵物的猛獸一般，美咲從箱子裡飛奔而出。千鈞一髮之際，仁閃過了美咲的俯衝擁抱。

美咲則以衝撞過來的氣勢，一頭撞上高麗菜山。

但她立刻像不死鳥般復活。

「仁，生日快樂～～！」

對著再次飛奔過來的美咲，仁從床上拉下被單，將她團團包住。

「太傷眼睛了！趕快收起來！」

「真是的～～仁怎麼這麼害羞～～我明明這麼努力要幫你慶祝，為什麼你不開心呢！」

「我拜託妳，配合地球的風俗習慣來幫我慶生。」

「呃，那麼我先告辭了。」

空太看準時機，很自然地插話。

差不多該回一般的世界了。

繼續待在高麗菜王國的話，腦袋會變得不正常。

「給我等一下！想逃跑嗎？空太！」

「已經夠了吧！」

「這些高麗菜只能請工作人員津津有味地吃掉了，你會幫忙吧？」

「我不是工作人員！告辭了！」

這時，真白走了過來。

「空太。」

「喔，怎麼了？」

明明比空太還早洗澡，真白的頭髮卻還是濕漉漉的，散發著甜甜的香味。就算穿著睡衣也好好地穿著褲子，大概是空太每天管教的成果吧。

「我有事要拜託你。」

「我知道了。好，走吧！」

空太甩開仁，迅速地走出房間。

「啊、等一下！你太卑鄙了！」

「請偶爾就青梅竹馬兩人好好相處吧！祝你好運！」

「嗚，美咲！別拉著我！趕快穿衣服吧！要是脫落了怎麼辦！」

「我是生日禮物，你不收下我會很困擾耶～～」

仁好像還要說些什麼的樣子，空太便從外面關上門。

並稍微幫他祈禱了一下。

空太沉浸在脫離危機的喜悅中，追著真白輕快地往二樓走了上去。

空太心想「得救了」，邊走進真白的房間。

「脫掉。」

真白神情認真地說著，空太一瞬間凍結僵住。

當下反覆地眨了眨眼。

「脫掉。」

很不幸地，他並沒有聽錯。

為了整理一下情緒，空太撇開視線到處飄移。今天房間的地板上，也堆滿了衣服、內衣褲及原稿。

不論是留在一樓或來到二樓，或許都是地獄。

「好，理由先說來聽聽。」

「我想看裸體。」

「我是叫妳說出想看的理由！」

「說來話長。」

「妳這是拜託別人該有的態度嗎！」

「……等一下。」

真白從桌上拿來了便條紙。

「綾乃給的建議。」

「綾乃是誰？而且幹嘛說得一副好像是給我的建議啊！」

「編輯。」

「啊，妳已經有編輯了啊。」

真白以眼神表示肯定。

「去年參加了新人獎。」

「得獎了嗎？」

「落榜了。」

稍微想一下就該知道答案的疑問。因為真白還沒有出道。

「看到我作品的綾乃，跟我說我的畫很好。」

「喔～～原來真有這樣的事啊。可是這樣的話，現在的妳是怎樣的狀態啊？」

「我正在畫要參加今年新人獎的作品。」

「已經有編輯了還是可以參賽嗎？」

「好像可以。」

「喔～～」

比起默默無名地出道，還是得過獎比較能夠贏得聲譽吧。以出版社的立場來看，最重要的就是做出人氣作品，增加銷售量。那當然就要培養有希望的新人。

「那麼，那個編輯說了什麼？」

「……你在說什麼？」

「就是妳說的建議！」

「還在繼續那個話題啊？」

「根本都還沒開始吧！不准忘！」

真白的視線落到便條紙上。

「這是綾乃給的建議。」

「結果還是從那一段開始嗎！」

「如果細膩的情感表現——」

「喔。」

「讓妳覺得很困難——」

「嗯。」

「就從激烈的描寫——」

「然後呢。」

「試著挑戰看看。」

「嗯。」

「她是這麼說的。」

「原來如此，所以才要畫男人的裸體嗎？因為依據類型不同，有些少女漫畫表現的確是比較激烈的。不過，建議明明就不是很長。」

「今天目標是空太的身體。」

「沒意義的拐彎抹角反而更色情。」

「脫掉。」

真白的手抓住了空太的襯衫下襬。

「我拒絕。」

空太甩開。

「我已經說了理由了。」

「就是因為知道了所以更感到自身的危險！妳是要我當模特兒吧？」

「裸體的。」

「順便問一下，裸體是全裸嗎？會覺得很不好意思吧！」

「沒問題的。」

「哪裡沒問題？」

「我不會覺得不好意思。」

「是我會覺得不好意思吧！」

「我不會笑你的。」

「不然妳本來打算笑哪個部分啊！」

「無論如何都不行？」

「不行。」

「這樣啊，那就沒辦法了。」

空太才剛鬆了一口氣，真白就把手擺在睡衣上。

「椎名小姐，您這是做什麼呢？」

「我也脫，這樣總行了吧？」

「不是這樣！」

「一開始就這麼說不就得了。」

「啊～～不要說得一副『你真是害羞啊～～』的語氣好不好？而且也不要毫不猶豫就脫了起來！年輕女孩不可以輕易在別人面前裸露肌膚！」

「空太是特別的。」

「我不會在這時問妳哪裡特別的！妳也不要又隨口說了喔？反正我只是會給妳年輪蛋糕的人吧！」

「沒錯。」

「都叫妳不要說了！妳會害我整晚煩惱自己的存在價值！還有，不要再脫了！」

真白停止了蠢動。

「那你願意幫我嗎？」

脫，或者被脫。人類史上最初的選擇。

「哪有這樣脅迫的……好啦，我脫。我脫就是了！但是！我不脫內褲喔！這是條件！」

「內褲就由我來脫。」

「這是哪門子的平衡感啊！妳腦袋有問題吧！聽好了，妳不准脫！」

「……」

「為什麼妳看起來有些不滿的樣子？」

「因為接下來才重要。」

「妳的漫畫不會畫到那個程度吧！」

「你沒有自信吧。」

「是指哪方面啊！」

一心想趕快結束的空太，脫掉在房裡穿的T恤與運動褲，只剩下一條四角褲，一副無依無靠的樣子。

「那個……如果只要男人的裸體，用照片或影像不也可以嗎？」

「不行。」

「為什麼？」

「沒辦法知道觸感。」

「……」

「……」

「咦？」

「沒辦法觸摸。」

「請容我回鄉下去了。」

空太慌張地拿起T恤要穿回去。但是，真白抓住了袖口阻止他。

「知道質感是很重要的。這樣畫才有生命。」

真白直率地仰望著空太，他的腦袋莫名地冷靜下來。終究是為了工作，並不是在開玩笑，也不是在耍空太，完全是認真的。

「好啦，好啦，我做就是了嘛！要怎麼做？」

「躺著。」

真白指著床鋪。雖然空太多少有些抗拒，不過睡在桌子底下的真白應該還沒使用過，他便豁出去了。

先仰躺著等待接下來的指示。

結果在沒有任何預警之下，真白以屈膝的姿勢跨上空太的肚子。

「妳要幹什麼？」

「不要動。」

細長的手指撫摸著腹肌的線條，空太忍不住打了冷顫。伴隨著與惡寒不同的快感顫抖著，外部因緊張而僵硬緊繃，內臟肌肉卻鬆弛了下來。

「感覺又硬又重。」

真白很柔軟。空太透過輕薄的睡衣，感受到臀部與大腿的觸感。碰觸到她的部位體溫逐漸上升。因炙熱而冒汗，感覺很舒服。

想要更多接觸，想伸手碰觸其他部位。邪惡的慾望緩緩地在空太內心抬起頭來，但目光一對上真白，慾望又急速洩了氣。

看到她認真的神情，空太把想說的話又吞了進去。

真白的手指畫過空太從脖子到下巴的線條。空太完全任由她擺布。

接著真白更將身體撲了上來。

把下巴放在空太的胸膛上，向上望著他。

「心臟在跳動呢。」

「因為我還活著。」

「心跳好像變快了。」

「妳以為是誰害的！」

「抱我。」

「辦不到！」

「真是沒用。」

「啊～～真是的！知道了啦！」

空太雙手環住真白的背。

剛開始只是碰觸程度的擁抱。

「再用力一點。」

空太手臂微微施了點力，身體因緊張而顫抖。

雙臂感受到了腰身的纖細。

他開始擔心如果更用力抱住，會不會就這樣折斷。

「可以了。」

空太放開手。

真白挺起上身，直盯著空太的臉。

「興奮了嗎？」

「會興奮才有鬼！」

從敞開的領口可以瞥見蓓蕾。

空太慌張地轉開視線。

「怎麼了？」

「妳好歹也有點自覺吧。防禦系統太嫩了。」

真白看了自己的胸前。

「你喜歡吧。」

「如果我會因為妳的胸部而興奮，我晚上就可以直接拿洗衣板來作伴了。」

聽不懂意思的真白毫無反應。

「空太，你有做過愛嗎？」

「……」

「空太？」

「害我嚇一大跳！沒有啦！別說是接吻了，就連手都沒牽過。若要說被坐在肚子上倒是有過一次啦！」

「身材明明這麼好。」

「這是什麼道理啊！那只是因為小學、國中都踢足球而已。」

「現在呢？」

「沒有了。看也知道吧。」

沒有參加社團，進高中以後就是回家社一族。

「因為受傷嗎？」

「不是。」

空太陷入沉默，真白思考了一下。

「那麼，重新開始不就好了。」

「除了受傷以外，還有很多不繼續下去的理由啊。」

「我無法理解。」

被純真的眼神看著，感到坐立不安的空太目光開始飄移，尋找可以看的東西。但卻什麼也沒找到。真白追問的眼神，似乎不懂得察言觀色，完全沒有察覺空太想要換話題。

空太無可奈何，只好從實招來。

「……因為沒辦法成為目標。」

雖然無意中持續了九年，但並沒有特別以什麼為目標。中學時在只要能在地區賽勝出、參加縣大會就已經覺得萬萬歲的隊伍中，空太也不是特別優秀，無法想像在這之上的東西。小學時，他還會以跟染上感冒差不多的頻率，夢到自己在綠色球場上比賽的夢，升上國中後就完全沒有了。

「可以說是看到極限了吧，所以就冷卻下來了。」

輸了也不會覺得不甘心，練習也無意識地開始偷懶。很小的時候明明還會因為輸了比賽而哭泣。

水高的運動社團並不是特別強。即使如此，足球社還是以國立競技場為目標，棒球社則是以甲子園為目標。相信自己、並且努力挑戰一定有意義，但是空太提不起拚命去做的勁，所以放棄了。

想要尋找看不到極限、可以相信自己的事物挑戰，像每天在運動場上汗水淋漓的其他同年級生一樣。

空太下定決心選了回家社。就這樣，什麼都沒做就過了一年的時光。

「忘了吧。我說了奇怪的話。」

這些話對真白說也沒意義。因為對於已經看過世界頂端的真白而言，是無法了解在地面上爬的凡人的心情吧。

「這樣嗎？」

真白簡短地回應後，翻開預先準備好的素描本。她就這樣跨坐在空太身上，翻到了空白的頁面，唰唰地開始動起筆來。

「……椎名？」

「……」

「我就維持這樣嗎？」

「……」

「這可是本世紀最嚴重的置之不理啊，喂！」

「……」

她彷彿沒聽到空太的聲音。

表情完全不同，專心在繪畫的世界裡。

「椎名……有交過男朋友嗎？」

「……」

「我就說嘛～」

「……」

「慘，太慘了。簡直是太悽慘了，我的人生。這是哪門子的懲罰遊戲啊？不妙，害我都想哭了。」

過了一會兒，真白突然站了起來，打開電腦坐到桌前。

用繪圖板在螢幕上開始作畫。

「被侵犯大概就是這種感覺吧……我生下來到底是為了什麼呢？」

空太嘆著氣穿上衣服，從真白背後窺視螢幕。每當真白的手動一下，便以驚人的精準度畫出男性角色，幾乎沒有重畫，彷彿一開始就知道該畫哪條線。在空太看來，甚至覺得真白的手法就像魔術一樣。

突然覺得真白的背影似乎逐漸遠去。

其實就在眼前。明明就在伸手可及的地方，那距離卻令人覺得像是永遠。

為了擺脫這種感覺，空太撿起散落的原稿。

跟之前看的內容不一樣，只是整體所散發出的氣氛很相似。太過平淡的女高中生，愛上太過平淡的同班男同學，進行了平淡的對話，然後開始交往的故事。

「不，這到底是怎麼回事啦……」

就空太看來根本就沒有任何進步。

真白本身的個性大概就是災難吧。人物描寫都太過平淡，對漫畫而言是致命傷。

表情之類的描寫應該要更誇張、更大膽。

整體的氣氛太過低迷，會讓整本漫畫顯得無趣。畫沒有生命，傳達不出感情，讀了也沒有感覺。這就不是漫畫了，只是單純的繪畫而已。人們並不是為了看漂亮的畫而看漫畫的，至少空太是如此。所以如果內容太無聊，不會讓人想繼續看下去。

這樣不管是要得獎或出道，都有困難吧。

空太如此心想，從原稿上抬起頭來，發現真白正看著自己。

「很無趣嗎？」

「老實說，是。」

雖然猶豫要不要含糊帶過，但還是老實回答了。因為之前已經率直地說了意見，事到如今才想用善意的謊言搪塞也沒意義。

「綾乃也這麼說。」

空太覺得自己不應該多嘴，便沉默地把原稿遞出去。

「你可以處理掉。」

「這樣好嗎？這是原稿吧？」

「我有備份，而且只是草稿。」

「啊？」

所謂的草稿，就是漫畫的鉛筆稿。以草稿為基礎，與編輯討論之後再決定內容。

「因為對電腦還不習慣，所以還在練習。」

「如果畫得跟完稿一樣，會很沒效率吧。」

「不過為什麼不用紙？」

「綾乃說的。我如果用紙畫，線條就會太多，畫會變得沉重。」

「該不會……是因為畫得太好了？」

「不是，因為我不擅長畫人物。」

完全搞不懂是哪裡不擅長。螢幕上顯示的角色線條數量比之前看到的還少，已經是熟練而像漫畫的畫風。真白的繪畫功力即使以業界等級來看，應該也是頂尖，況且還有太多畫風更差的漫畫。

即便如此，她仍說自己不擅長。只能懷疑真白的神經是不是哪裡出了問題。

剛剛想要別開視線的感覺再度湧上來。

回到作業中的真白背影，正以極快的速度離自己遠去。

這不是錯覺。真白正筆直地朝向目的地前進。那速度就佇立在原地的空太看來，就跟光速沒兩樣。

不可能追得上。

雖然像這樣在同一個房間裡，真白卻處在不同的地方。

美咲、仁和龍之介也是如此，正朝著目的地奔去。

停留在原地的只有空太。

沒來由地胸口一陣痛楚，感覺痛苦。空太下意識離開真白，坐在床鋪上。

不知從什麼時候開始，孤獨與不安在胃中翻攪。感到坐立難安的空太對真白說：

「我說啊，為什麼選擇漫畫？」

「……」

果然沒有得到回應。

不只是因為集中精神而沒聽到聲音，真白甚至忘了空太的存在。

房間好一會充滿了沉默。只有輕快移動的繪圖筆的聲音舒服地迴盪在耳邊，奪走空太思考的能力。什麼都沒想，空太只是隱約心不在焉地看著真白的背影。

過了好一段時間。

「因為很有趣。」

面對遲來的回答，空太口中發出驚愕的聲音。

「咦？」

真白回過頭來。

「因為很有趣。」

「繪畫不行嗎？」

「繪畫並不有趣。」

「妳說這種話不好吧。」

「事實如此。」

「……這樣的話……如果妳不需要，就把妳畫家的才能給我吧。」

「好啊。」

「那怎麼可能辦得到！」

「是空太說的。」

這種事自己當然很清楚。

「是空太想要自己並不想要的東西。」

空太被說中痛處。

完全不知道自己到底想做什麼。即使獲得才能，現在的空太也只會任其腐朽罷了。

真白立刻轉回頭繼續作業。彷彿剛剛完全沒有對話般，繼續埋首於作業中。

那個背影看來令人感覺非常冷漠。

像是被拒絕一樣。

不過，事實上應該不是如此。只是因為空太畏縮膽怯、覺得心虛而已。真白並沒有任何想法、沒有任何感覺。只有空太很後悔說了「把才能給我」這種話。

真是太差勁了。

他在口中如此喃喃自語。

立刻對於自己一副什麼都知道的樣子感到厭惡。

「空太。」

「幹嘛？」

「你不能穿衣服。」

「啊？」

「還要繼續。」

「等一下，妳還想要我做什麼啊！」

「是非常……」

「非常？」

「難以啟齒的。」

「那就不要叫我做那種事！」

「今晚可不讓你睡喔。」

「這種台詞要說得更性感一點！」

「今晚不讓你睡喔。」

「還不是一樣！」

4

就如同真白所說，她沒讓空太睡。

到早上五點真白做到睡著為止，空太在床鋪上被指示做這做那，有時則是被糾纏著做各種構圖的實驗。

多虧如此，空太得以成功觀察到椎名真白這個生物睡著的那一瞬間。原本對她如何潛入桌子底下感到非常不可思議。

真白在睡著的前一刻還在桌上畫漫畫。後來慢慢打起盹來，在到達極限時，本能地從椅子上靈巧地滾下。然後，為了躲避日光燈的亮度，用最後的力氣在地板上爬行，邊捲進衣服與內衣褲裡，邊潛入桌子底下。

並非自發性地睡覺；而是像動物那種習性、習慣的感覺。大概是每天都做到睡著吧？連走到床鋪的力氣都沒有，把全力放在漫畫上直到ＨＰ用完為止。連睡覺的方式都很亂來。

看著蜷曲著身子睡著的真白，空太垂著肩膀。

「不要在男人的面前睡得這麼沒有防備。」

完全感到安心的睡臉。把頭藏了起來，卻沒藏起臀部跟腳。空太幫她蓋上毯子，她彷彿發癢似地鬧彆扭。

雖然想抱怨個一、兩句，但自言自語實在太悽涼了，於是空太拖著沉重的身體走出房間。

櫻花莊的走廊上充滿了早晨清新的空氣。

只是對於正覺得睏的空太而言，沒有感受這份清爽的餘力。

他帶著蹣跚的步伐下樓。連休已經結束，今天開始又要上學了。但空太腦子裡只想著回房間睡覺這件事。要是知道內情，任誰都會同情吧。今天應該可以睡一整天。

這樣的空太停下腳步，因為他聽到了說話的聲音。

呆滯的腦袋雖然想著說不定是小偷，但因為太睏了以至於無法警戒。空太就這樣隨著聲音吸引走到了飯廳。

「不，我已經說過很多次了，美咲是不可能團體作業的。那傢伙是那種在腦裡進行動畫分鏡切割，然後就突然作畫的人。是的，我並沒有想要獨佔她，你直接與她交涉我也無所謂。總之，我不是美咲的經紀人，這件事請不要再跟我聯絡！」

坐在圓桌前聲色俱厲的是仁。

關掉手機後隨性地放在桌上，歪斜著椅子靠著椅背。仁上下顛倒的眼睛，出現在空太的視野中。

「怎麼了？一副打拚到天亮的臉。」

「因為椎名不讓我睡。」

空太打了個呵欠。

仁也像被傳染似地打起呵欠。

「作夢都沒想到這麼快就能跟空太進行成人的對話了。」

「完全沒有像仁學長那種樂趣，只是協助她創作漫畫而已。」

「那可真是，你不會越說越感到空虛嗎？對一個健全的高中男生而言。」

「那就別提了，那會讓我更沮喪的。」

仁的眼周也看得出疲憊。

「你的慶生會怎麼樣了？」

「因為你逃跑了，就我一個人過高麗菜嘉年華。吃了又吐、吐了又吃，現在跟廁所是愛人同志。超過四點時，我已經開始覺得馬桶的圓弧看起來很性感了。」

「真是病得不輕。」

「剩下的高麗菜就明天……啊，已經是今天了，只能拿去學校送給其他人了。」

仁「哈哈」地乾笑幾聲，大概是想像帶著大量的高麗菜上學的樣子吧。空太毫無疑問一定會遭到波及，真想積極地婉拒。

「剛剛的電話是？」

「動畫公司的製作人，說是想讓美咲有更好的劇本來做動畫。不過他想用來變成自己的代表作、賣出名聲的企圖倒是顯而易見就是了。」

「也不應該在這種時間打來吧？」

「很普遍啊。畢竟是這種業界。」

仁邊說著，眼神示意要空太坐下。

空太在與仁隔了一個空位的位置上坐下。

明明很想睡了，但看到仁就忍不住聊起天來。

「發生什麼事了嗎？」

「該怎麼說……雖然椎名簡直就是亂七八糟，但實在很厲害。」

「你怎麼現在才在說這個。」

「不是指她很會畫畫的部分，而是聚精會神的專注態度，就是那種感覺。」

「原來如此。當這種事顯現在眼前時，空太就焦躁起來了。」

「……」

老實承認又覺得不甘心，所以只有保持沉默。

「在這個櫻花莊裡，好像只有我什麼都不會。」

美咲製作動畫；仁寫劇本。龍之介也在進行工程師的工作；真白則是畫漫畫。

那麼，神田空太呢？

自己到底算什麼？

完全不知道自己想要成為什麼、想要做些什麼。

「你誤會了。」

「咦？」

「我並不是因為確信『就是這個了！』才想要成為劇本家的。」

「是這樣嗎？」

「剛開始只是有點興趣，實際去寫之後覺得很有趣，才心想『這個很不錯』，然後越來越認真而已。大概就是這種感覺。雖然到了真白或美咲那種等級，說不定就有靈光一閃的時候，不過我沒有去問的毅力就是了。嗯，大概就是這樣吧。」

「我連那樣的東西都沒有。」

「是你自己踩剎車了吧。就像在盛夏時節開始賣中華涼麵的拉麵店一樣，只要隨興地開始就好了。」

「請向全國的拉麵店道歉。」

「說到要開始做，當然就是中華涼麵啊。」

「這是什麼道理啊。」

「你真是個怪人，有時真搞不懂你。」

「我覺得我在櫻花莊算是相當普通的。」

「遇到別人的事，動作明明快得跟反射動作一樣。但當遇到自己的事時，反倒像烏龜一樣溫吞。」

「才沒那回事。」

「明明就有，一般人看到棄貓都會假裝沒看見吧。還有真白的事，明明是被逼迫的，這一個月以來卻還是認真地照顧她。提早起床做便當，她要年輪蛋糕你就給她，要你做什麼就立刻飛奔過去……換作是我，才不會做這些努力。空太就像是為了別人而努力的正義英雄。」

「因為沒有人要幫忙啊！」

「但是！」

仁的聲調變低。

「你這是在向別人要理由。決定事情之前先牽扯到別人，失敗的時候就可以拿來當藉口。沒辦法，不這麼做就會痛苦。因為如果失敗全都是自己的責任，沒得逃避。」

「我並沒有這樣的意思……」

「不然空太，你離開櫻花莊吧。」

仁突如其來的話，讓空太的心臟不明究理地猛跳了一下。這是被說中痛處的感覺。為了讓自己冷靜下來，空太立刻找了藉口。

「椎名跟貓都還在，所以沒辦法啊。」

「我幫你找貓的飼主，也幫你接下照顧真白的工作。」

想要以「開玩笑的吧」這句話笑著帶過卻辦不到。仁的目光筆直貫穿空太，不允許他把視線移開。銳利的眼神說著「不准逃避」。

「這樣問題不就都解決了？」

仁像開玩笑般聳了聳肩。

「不，可是……」

「基本上我很喜歡你。」

「沒想到人生第一次被告白會是出自男性口中。」

「願意陪著像美咲那種麻煩的傢伙，跟龍之介那種難以理解的人也處得還不錯。就連對待受男生排擠的我，你也沒有露出厭惡的樣子。真白的事也是。而且吐槽的功力也不錯。」

「不然我們來組個搞笑藝人團體好了。」

「那就當作下輩子的夢想吧，夥伴。」

仁笑了；空太卻笑不出來。仁還沒把真正要說的話說出來。必須先做好接受的準備。

「如果你自己沒辦法決定要做什麼，我來幫你。至少先自己選擇居所吧！想回一般宿舍的話就回去。」

「……」

「不用我說你應該也很清楚，我不是在開玩笑。如果你要離開，真白跟貓我都會負起責任接收。」

「這個……」

「所以，你自己選吧，要離開或者留下來。不要再拿任何人當藉口。如果能做到這點，就能輕易找到目標。二選一，很簡單吧？」

「…………」

說完，仁站起身。

空太沒辦法抬起頭來。他凝視著桌面，身體一動也不動。

仁的腳步聲遠去。不可思議的是，人的氣息卻一直沒有消失。

已毫無睡意。

離開櫻花莊。

沒錯，應該很想離開，想回到一般宿舍。真白與貓都交給仁就好了。空太沒有了繼續待在櫻花莊的理由。

這不是值得高興的事嗎？

求之不得。

沒有任何躊躇的理由。

但是，為什麼卻覺得呼吸困難？

像陷入泥沼般糟透了的感覺，慌張地想要擺動拖著鉛錘的手腳而掙扎著，遍尋不著逃脫的出口。

空太終於受不了地趴在圓桌上。

難受又痛苦，只有難過的時間靜靜地流逝。

「空太。」

這時傳來一陣具透明感的聲音，微小卻又帶著明確的語氣。原來一直感覺到的氣息不是仁，而是真白。

連回頭都辦不到，空太只是趴著閉上眼睛。

「你要搬離這裡嗎？」

「我要搬離這裡。一開始就是這樣打算。」

緊抓著過去的自己不放，空太從喉嚨擠出聲音。

真白什麼話也沒說、什麼也沒留下，只是沉默地走出飯廳。

「什麼嘛！」

顫抖的拳頭敲打桌面，一陣輕微的痛楚由手背蔓延開來。這瞬間空太清醒了，但又馬上陷入混亂的思考漩渦中，連痛楚都消失了。

只剩下泥般黏稠的情感，與罪惡感很類似，卻想不起名字。

# 第三章
# 六月真是令人鬱悶

# 1

「睡不著……」

不知道已經翻來覆去幾次了，最後空太把頭埋進枕頭俯臥著，以言語表達自己現在所處的狀況。

當然，即使這麼做，依然什麼也沒發生、什麼也沒改變。

抓著手機看了時間。深夜兩點。躺下來已經過了兩個小時。

空太沒辦法，只好心不甘情不願地起身開燈。

日光燈的光很刺眼。眼球已經訴說著睡意，腦袋卻莫名地清醒過來，這種矛盾的感覺讓人無法平靜下來。

原本在腳邊蜷縮著睡著的茶色貓小翼，感到不快似地抬起臉。瞪著空太一會兒，之後便打了個哈欠並立刻閉上眼睛。

在床鋪上無意義地正坐著的空太，彷彿祈禱般上身往前倒下。

「請將睡魔分給我一點吧。」

閉眼過了一會兒，依然睡不著。反倒是為了尋找辱罵自己愚蠢行為的言詞，使得腦袋運轉的速度持續向上攀升。

空太嘆了一口氣，抬起頭揉了揉眼皮。

明明要睜開眼睛很痛苦，為什麼還是睡不著呢？

這一個禮拜每天晚上都是這樣。

怎樣才睡得着？平常又是怎麼睡著的呢？

即使像這樣思考著沒有任何幫助的事，過了一會兒還是會轉移到是不是要離開櫻花莊這個問題。空太察覺到這點，想要逃到夢境的世界裡，卻完全睡不著而繼續重複著同樣的情形。

答案明明已經很明確了。

不知道為什麼自己會陷入煩惱。煩惱又會產生新的疑問，一個接一個不斷地撲到空太身上。睡眠時間因而不斷被縮減。

「啊～～可惡！」

什麼都不做的話，注意力就會集中在思考上，陷入無法自拔的負面漩渦。空太心想至少動動手，於是開始收拾已經曬好的衣服，在床舖上堆成了一座小山。

一件件仔細折疊好，只有這樣的時間可以什麼都不去思考。

但是很快地，空太的衣服已經折好，只剩下真白的部分。

小心地折起制服上衣避免折到衣領，將學校指定的藏青色襪子一雙雙重疊擺好。剩下的內衣褲雖然也想專心折疊好，卻立刻敗給了第一件拿起的黑色蕾絲襯衣的性感。

這不過是一塊布而已。

雖然這麼告訴自己，但還是無法違抗雄性的本能，不經意就幻想起真白穿著的模樣而充滿了罪惡感。此時，就像落井下石般，接下來的對手是與襯衣成套的黑色內褲。空太抓著兩端，忍不住僵硬愣住。

突然回過神來的空太，確切地進行自我分析。

「旁人看來會以為我是變態吧。」

之後迅速地折起兩端，將內褲折成圓型。把貼身衣物類塞到制服上衣和毛巾之間，眼不見為淨。

不論空太多麼小心翼翼，這些衣服只要回到真白的房間，全都會散落在地上。

打掃那個房間，也是負責照顧真白的空太的任務。

如果空太離開櫻花莊，仁就會接下這些工作吧。

如果是仁，應該早就看慣了內衣褲之類的，也不會像空太一樣冒冷汗。不管什麼事都能做得很好，仁就是這樣的男人。

但空太卻極度厭惡想像仁照顧真白的畫面。

「我到底在想什麼啊……不是這樣的吧。」

現在該思考的，是到底要不要離開櫻花莊。雖然還有值班的事，但那都是空太個人的因素，這時應該已經和真白無關。但空太發現自己每天晚上最後都還是想著關於真白的事情。

真白對於空太說要離開沒有任何反應。不論好或壞，都跟平常一樣。簡單地說，就是不知道她在想什麼。

發現陷入沒有出口的思考而幾乎快失去理智的自己，空太慌張地站了起來。既然睡不著，那就只能醒著。在房間裡腦袋都快變得不正常了，所以空太想去喝個水，於是走向飯廳。

令人驚訝的是，深夜兩點的飯廳裡居然有人。

有個人影坐在冰箱前物色裡頭的東西。那是穿著睡衣的真白。即使有些睏的樣子，她還是從冰箱裡拿出了胡蘿蔔，在眼前轉動著仔細觀察。她似乎不太中意地把兔子愛吃的東西放了回去，接著拿出了小黃瓜。與剛剛的胡蘿蔔一樣仔細觀察後，用力抿著嘴思考了幾秒鐘，然後毫無預警地咬下小黃瓜。

「妳是河童（註：日本傳說中的妖怪，喜歡吃小黃瓜）啊！」

維持咬著黃瓜的姿勢，真白泰然回頭看著空太。雖然空太突然出聲叫她，但她看來完全沒有受到驚嚇，正喀嗤喀嗤地大口吃著小黃瓜。

「妳該不會是肚子餓了吧？」

真白繼續咀嚼著點了點頭。

「我知道了，妳別再吃了！我弄東西給妳吃！」

真白咕嘟地吞了下去。

「我不是河童。」

「我知道啦！」

空太先讓真白坐在餐桌前，之後看了看冰箱。多虧最近照顧她的緣故，空太做菜的技術變好，能做的東西也變多了。

只是如果太吵，千尋可能會發火，所以空太從櫃子裡拿出杯麵，想用這個來打發真白。

他用美咲買的橘色電水壺把水煮開，然後倒進杯麵裡，再放到在桌前等待的真白面前。

真白正準備開動——

「等三分鐘！」

空太阻止了真白。

看來她似乎連杯麵是什麼都不知道。

空太在餐桌前與真白隔了一個座位坐了下來。

三分鐘感覺格外漫長。目不轉睛看著杯麵的真白不發一語，空太什麼也說不出口。

這個時間真白還沒睡的理由很清楚。今天也在畫漫畫吧？畫到一半肚子餓了，才從房間走出來。

這對真白來說就是日常生活。從來到櫻花莊以來，基本的生活模式沒有改變。晚上畫漫畫畫到睡著，白天被空太叫醒後上學去。回家之後，繼續窩在房間裡畫漫畫。

同年紀的女孩子還在聊著交男朋友了、跟那個差勁的傢伙分手了、哪邊的造型師好帥、在哪裡買了衣服、要不要去唱卡拉ＯＫ、沒錢了、體重不太妙、最近很無聊、四肢無力、那傢伙很煩等話題時，她卻為了以自己的雙手獲得想要的東西，每天不斷地累積努力。

這樣的真白對現在的空太而言，實在太耀眼了，光是看著都覺得痛苦。當太強的光亮就在眼前，就會想苛責什麼都沒做的自己。

「空太。」

「啊，怎麼了？」

「三分鐘了。」

「可以吃了。」

真白打開蓋子，開始唏哩呼嚕地吃起杯麵。因沉默而快窒息的空太，彷彿尋找自己的容身之處般開口。

「那個……之前說的新人獎，截稿日快到了嗎？」

「……六月底。」

「這樣啊？原來是這樣。」

「……嗯。」

大約還有一個半月。

「這樣的話……剩下的時間就不多了。」

「……」

「不，也無所謂。」

「……嗯。」

「對了，大概會有多少人投稿啊？」

「七百或八百……」

「這樣嗎？」

「……嗯。」

對話的節奏好像不太對。原因出在空太身上。

——這些跟準備離開的空太已經無關了。

擔心會得到這樣的回答，所以空太的發言與態度便不自覺地變得膽小。

吃完之後，真白沒有離席，空太也錯過了離開的時機而動彈不得。不舒服的氣氛，飄盪在兩人之間。

隨著時間流逝，空太越來越無法正視真白。視線不幸對上時，就會因為莫名的心虛不安而一陣揪心，差點要發出奇怪的聲音。

想趕快離開這裡。

雖然這麼想著，卻又覺得先離開好像逃走一般而感到抗拒。

——好好加油。

只要說這麼一句話就回房間，但是辦不到。反倒覺得就是這句話說不出口。

沒有鼓勵別人的立場，該加油的是自己。真白有目標，而且朝向目標邁進。她已經很努力了。在這種情況下，暴露出空虛的自己實在太難看。

正當空太快被自我厭惡給壓扁時，玄關方向傳來一陣聲音。回頭一看，打著哈欠的仁正站在那邊。一如往常，他的領口還殘留著口紅印。

仁看了空太與真白，說出理所當然的疑問。

「你們在做什麼？」

「不，沒什麼。」

「還說沒什麼，看起來好像是要簽離婚協議書的那一瞬間。」

「喔，這樣啊。」

「喂、喂，怎麼連你最擅長的吐槽都這麼不帶勁？」

這時，真白站起身。

「我吃飽了。」

她只說了這句話，便走出飯廳。大概會回二樓的房間繼續作業吧。目送著不發一語的真白背影，就在餘韻消失時，仁若無其事地開口。

「空太。」

「什麼事？」

「如果你沒那個意思，真白就由我接收了。」

「……！」

空太無法以言語表達情感，只有身體很直接地反應而直盯著仁。不，是瞪著。仁的嘴邊浮現微笑，像是享受著空太的反應。

「模範答案是『為什麼要跟我說這些話』吧？」

「為什麼要跟我說這些話？」

「不想被搶走就要牢牢抓緊。」

「我對椎名並不是那種……」

「不然是什麼？」

「是什麼……」

雖然覺得心裡有答案，卻沒有說出口的自信。一旦化為有形的東西，就無法找藉口而沒了退路。但這不就意味著自己其實很清楚，自己的想法到底是什麼……

「咦？仁，你回來啦。歡迎回來～」

救了一時語塞的空太的，是帶著惺忪睡眼從二樓走下來的美咲。看她握著長長的鉛筆，大概是在進行原畫作業吧。

「喔，我回來了。」

「我口渴了～」

無視現場的氣氛，美咲腳步啪答啪答地走到冰箱前，拿出兩公升的寶特瓶裝水，就這麼直接喝了起來。

「學弟也要喝嗎？」

說著雙手將寶特瓶遞過去。空太正要伸手去拿時，被仁給中途攔截。

仁喝完剩下的水，把空的寶特瓶還給美咲，邊說晚安邊走出飯廳。

留下來的美咲看著寶特瓶口僵住。

「怎、怎麼辦？學弟……」

她心不在焉地發著呆。

「我跟仁間接接吻了……」

大概沒有期待空太的回應吧，在他開口前，美咲便腳步不穩地邊碰撞冰箱、餐桌椅及牆壁，走回二樓的房間了。

被留下來的空太連動的力氣也沒有，就像往後傾倒似地坐在椅子上。貼著值班表的冰箱就在眼前。

首先映入眼簾的便是寫著「負責照顧真白的工作」的紙條。

在真白身邊，彷彿會被她朝著目標前進的光芒給灼傷。但是自己又不願意離開櫻花莊，把一切都交給仁。空太想趕快脫離現在這種左右為難、令人煩惱的狀態……

越是去想，感情與思考越是糾結在一起，理也理不清。

時間已經來到三點。

時鐘的指針總是以同樣的速度、明確的腳步淡然走向早晨。

不論對誰，早晨總會來臨。

但包圍著空太的深夜要迎接黎明，還是好一段時間以後的事。

## 2

「你也該多少有點分寸吧。」

六月的某天放學後，等待著被叫到教職員室的空太的，是千尋毫不留情的一頓痛罵。

「我只說一句話。」

說了開場白後，千尋在胸前交叉雙臂，翹著雙腿，傲慢地往後靠在椅背上。跟平常一樣一臉嫌麻煩的表情，「哪裡有問題？」的部分被乾淨俐落地省略掉，直接搭話。

「真是巧啊。我也正想著該有點分寸了呢。」

空太想讓千尋息怒而開的玩笑，反而讓她的目光更加銳利了。

「不是問志願調查的事吧？」

空太又丟了一球試探情況。

「我才不會為了那種可有可無的事叫你過來。」

「不，我覺得那跟把蛋放進冰箱裡一樣重要。」

千尋所提的話題，是關於氣氛有如六月的天空般陰沉的櫻花莊。雖然偶爾放晴，但很快又佈滿沉重的烏雲，憂鬱的心情便會露出臉來。跟濕濕黏黏的梅雨季一樣，揮不去不穩定的空氣，這一個多月以來，一直黏附在肌膚上。

原因出在空太身上。

——我要搬離這裡。一開始就是這樣打算。

一切都是因為這句話。

每天不斷地想起，每次回想便覺得呼吸困難。明知道果斷地決定就輕鬆了，但知道與決定還是完全不同的兩回事。

但是，彷彿與空太作對般，仁為了證明自己所說的話，每週有四天會回到櫻花莊。尋找貓飼主的事也頗有進展的樣子，今早被告知已經找到四隻貓的飼主候補。

大概是個性差異吧，仁似乎沒有特別在意，每天早上取代早安的問候是：

「決定了嗎？」

如果回答：

「還在考慮中。」

「那你就好好煩惱吧，學弟。」

仁就會這麼說，然後拍拍他的背。

多虧如此，空太並沒有獨自沉入嚴肅的大海裡。還是像以往一樣，被美咲耍得團團轉，和龍之介也是每天用聊天室進行對話。

不過空太在三天前被龍之介嚴重告誡了。

——龍罩櫻花莊的瘴氣元凶就是神田。要求你儘快處理。不用回信，只要給我結果。

傳來如此唐突的簡訊。

空太回覆了充滿各種藉口，結果還是搞不懂到底想說什麼的簡訊。

——再給我說這種讓人想睡的話，我就把你沉到相模灣裡去喔。比起東京灣，更推薦距離較近的相模灣的女僕敬上

收到的是這樣令人笑不出來的簡訊。

其中最大的問題，是與真白之間的關係。早上起床、準備便當，她想吃年輪蛋糕就給她，像這樣奇怪的生活雖然並沒有變化，但在交談的時候，就會出現微妙的節奏錯亂。

「天亮了，椎名。」

「……早安。」

「喔，早安。」

「……」

「……」

對話間短暫的沉默，讓人覺得意義深遠。

「今天天氣真不錯。」

「是啊。」

「……」

「……」

空太開始想像，她是不是有話想說卻忍著。或者完全相反，說不定她根本沒有任何感覺。

這也讓空太的心境變得複雜。

一開始假裝沒發現兩人之間的齒輪歪斜，但卻隨著時間流逝而變得越來越歪，甚至因而讓櫻花莊壟罩著厚厚的烏雲。

於是，終於受不了的千尋便把空太叫過來。連因為嫌麻煩，向來採取放任主義的千尋，都忍不住想插手。這是以往沒有過的情況。

「神田，你到底有沒有在聽？」

面對像醉漢般糾纏不休的千尋，空太以嘆氣作為回應。

「總覺得很悲慘啊，就連我都要吸著像瀕臨離婚家庭般難聞的空氣過日子。」

「老婆上個月才跑回娘家的高津老師，正以看到雙親仇人般的眼神看著這裡，真希望妳能選擇一下措詞。」

「就是因為結了婚，所以老婆才會跑了啦。」

「完全是偏見。」

「我才不管別人幸或不幸，但自己絕對不想被牽連進去。」

「這是老師在教職員室裡該講的話嗎！」

「就算很會察言觀色也還是結不了婚，所以無所謂啦。」

「老師剛剛不是說只說一句話嗎？」

「你不要老注意那些小鼻子小眼睛的事。」

「老師妳才應該多注意一些細節吧！」

教職員室裡老師們的注意力，全都放在空太跟千尋身上。雖然邊工作邊擺出一副沒興趣的態度，但大家都豎起耳朵，偷偷注意這邊。

就他們而言，這正是千尋最喜歡的隔岸觀火。誰也沒插話。

「哇～～被罵了吧～～這就是你在我的課堂上睡覺的天譴。」

不，除了一個人。

坐在千尋對面的國文老師，白山小春以手撐著臉，愉快地看著空太。她一副毫不遮掩的樣子，彷彿坐在搖滾區觀戰。

「小春給我閉嘴。妳就是被學生瞧不起，他才會在課堂上睡翻了。」

「好過分～～千尋不是站在我這邊的嗎？」

小春像孩子般鼓著雙頰。這動作很適合她，儘管她已經三十歲了。

「神田。」

「什麼事？」

「給你一項作業。」

「哇，為什麼啊？」

「懲罰你讓我感到不愉快。」

「嗚啊～～真是獨裁者的發言。」

「你要離開櫻花莊也好，要留下來也好，不管你選哪個都給我收拾乾淨。我絕對不會幫你這個乳臭未乾的小子擦屁股。」

「喔。」

「做不到的話，就懲罰你跟我或小春結婚。」

「嗚啊～～真是終極懲罰呢。」

「神田同學，你這是什麼意思？」

「是啊，神田。如你所見，我是個好女人，而小春也發下豪語，說她是個在床上竭盡心力的女人，一定會讓你玩得很開心的。」

「老師妳在教職員室說什麼話啊！」

「沒問題的。老師都是大人了，會區分什麼是真的、什麼是開玩笑的。」

如果是這樣，為什麼在角落吃著芋頭羊羹的世界史老師會噎到啊？物理老師則是打翻了茶杯，跳著喊好燙、好燙，這也讓人感到不可思議。男性教職員幾乎都以探虛實的眼神偷瞄著小春，這應該不是空太的錯覺吧。

「嗯～～神田同學嗎？我其實比較喜歡長相再可愛一點點的。不過，算你低空飛過好了～～因為我最近一直都沒對象。」

「千尋老師，妳也阻止一下白山老師吧。她已經完全狀況外了！」

「才不要～～麻煩死了。」

就知道她會這麼說。

「話說回來，那是在等你吧？」

從教職員室的窗戶往外看，發現真白就站在校門口。撐著完全不適合她的大紅傘，孤伶伶地站著。

「不要再給我找麻煩了。」

耳裡聽著如此可靠的話，空太離開了教職員室。

回教室拿了書包之後，空太不發一語地經過校門口，真白的腳步聲在後面跟了上來。

空太以自己的速度，在被雨淋濕而變黑的柏油路上前進。有時真白與空太距離拉開，她便會小跑步地追上。空太即使知道這個狀況還是不予理會，一心地往前走著。

背後一直感覺到真白想說些什麼。

卻意氣用事地不回頭。

但是，罪惡感立刻油然而生，開始在空太內心成長。

結果在回家路上不到一半的距離，空太還是妥協了。

在以前常玩沙子、只設有輪胎的兒童公園前停下了腳步。

真白的腳步聲也停了下來。

「妳有什麼事吧？」

開口大概就是要不要離開櫻花莊的話題吧。空太覺得除此之外沒別的。

從那天起，真白就沒再提起這件事。

空太也沒再說什麼。

自從說了要離開，情況就一直停滯不前。

空太放棄地轉過頭，視線卻被大紅色的雨傘遮住了。

「那把傘真不適合椎名。」

「因為是美咲的。」

「妳自己的呢？」

「壞了。」

「那就去買新的啊？」

「買東西是被禁止的。」

「我知道。」

如果讓她自己一個人去，不知道會做出什麼事來。

「空太跟我一起去……」

「哪天如果心血來潮就去。」

「……這樣啊。」

「妳不是有話要跟我說嗎？」

所以才會特地等著空太。

真白思考了一下，看著空太的眼睛，微微地喃喃說道：

「我以前就想說了。」

空太已經做好心理準備，接受她接下來要說的話。

「我一直到最近都還以為紅樹林是色情的詞彙。」

「……」

「……」

「啥？」

「我一直到最近都還以為紅樹林是色情的詞彙。」

「抱歉，給我一點時間，我先跟現實妥協一下。」

空太當場抱著頭蹲了下來。

僵了整整三十秒，花了一分鐘集中心神。

「妳該不會是為了我，故意講些俏皮的笑話吧？」

「……」

在真白身上絕不會有這種可能性。

這麼說來，真白只是自然而然地將存在於心中的話說出來而已。她為此在門口等待空太。

這以空太的常識實在難以理解。

「有必要現在說嗎？沒必要吧？絕對沒必要吧？」

「那什麼時候說比較好？」

「可能的話，一直放在妳心裡就好了！」

雖然最近已經開始習慣，但今天又提升了一個等級。

另一方面，沒出現不想被提到的話題，讓空太在內心鬆了一口氣。

他正要繼續往前走時被叫住。

「等一下。」

「什麼事？」

空太沒有回頭，只是等著真白接下來的話。

「星期天陪我。」

「……」

「為了收集背景用的資料，我想去個地方。」

「那是要在新人獎提出來的東西嗎？」

「嗯。」

「這樣啊……不過抱歉，我週日很忙。」

其實根本就沒事，只是沒有照顧別人的餘力。而且如果陪她去，又會想要痛批佇足不前的自己，實在不想故意跳入荊棘裡面。

「去拜託仁學長吧。」

他帶著蠻不在乎、像鬧彆扭的孩子般的語氣。雖然想要好好處理，但現在不管做什麼，好像都會轉往不好的方向去。

「我知道了。我會這麼做的。」

真白繼續往前走。可以的話，空太已經不想再說任何話了，但真白卻不允許他這麼做。

「喂，椎名。」

「什麼事？」

「妳要去哪？」

「要回櫻花莊。」

「宿舍在反方向！」

「……我知道。」

「胡扯！妳明明就自信滿滿地要走回去吧！」

「沒有。」

「明明就有！」

「沒有。」

「妳真的不行。簡直嚇死人了。」

「空太最好去看個眼科。」

「妳才應該去看看妳的腦袋吧！」

這一天，空太與真白重複著一如往常無意義的爭吵，對話沒有間斷地回到了櫻花莊。

# 3

三天後的星期天，睽違一個星期天氣終於放晴。

睡到下午的空太，突然遭到被踹開、倒下的房門壓住而醒了過來。

「妳在幹嘛啊！」

他從縫隙間爬出來，按著被撞到的額頭，邊把氣出在可愛的外星人身上。

「不得了了！不得了了！真的是不得了了〜！」

會從生來就是為了給周圍的人添麻煩的美咲口中冒出「不得了了」的事，就空太所知，在這世上只有一件。

來到櫻花莊至今，同樣的事情發生過三次。

「好了！學弟也趕快換衣服！戰鬥就要開始了！」

美咲已做好出門的準備。輕飄飄的方格吊帶棉裙，配上長袖的T恤。

「仁學長又有新女朋友了嗎？」

「約會！是約會！要發動潛入任務了！」

「明明就是跟蹤吧。」

空太邊忍著呵欠邊將倒下的門扶起，用螺絲起子把鬆脫的合葉裝回去。因為重裝太多次，螺絲已經不管用了。

「看來還是得請專業的人來修。」

這時，美咲正準備脫掉空太的T恤跟褲子。

「暫停！妳連內褲也一起抓到了！學姊，會露出來的！」

「我不在意啦～～！」

「我會在意～～！」

好不容易掙脫，空太退避到飯廳去。

千尋大白天就自己一個人喝開了。餐桌上已經有六個空啤酒罐，現在增加到第七罐。

「學弟也很在意吧！對吧！不可能不在意的！準備好了就Let's go！去吧！去吧！一起～～去～～吧～～～！」

「上井草，一個年輕女孩子家，不要天還這麼亮就嚷著去吧去吧（註：日文中的「去」亦有高潮的意思）。只聽到聲音會覺得很鹹濕。」

「大白天就喝酒的人，講這種話沒說服力。」

「法律規定我不能白天就喝酒嗎？」

千尋雙眼發直。最近連聯誼都沒有，看來心情不太好。

「不，是沒有。」

為了逃離醉鬼的追究，空太從冰箱裡拿出牛奶，表示自己沒有異議。

「學弟不去，那我就一個人去囉？我要出門囉！」

「請便。反正仁學長跟誰交往又不關我的事。」

仁跟護士紀子交往的時候，空太發揮了愛看熱鬧的精神，陪著美咲去看了。老實說，實在很累人。而且並不是跟蹤困難，或要阻止失控的美咲很麻煩之類的，而是看著垂頭喪氣的美咲覺得不忍心。

每當仁對女性微笑，或者女性因仁的話感到高興，美咲的笑容便逐漸減少。看見兩人牽手、搭肩、摟腰時，美咲就會一反平時高亢的情緒而沉默不語。

「太嫩了～～太天真了，學弟！你要是一副旁觀者的樣子，總是老神在在的話，可是會被搶走喔！」

「完全聽不懂妳的意思。」

「今天約會的對象是小真白啊！」

聽到完全想不到的名字，空太的思考瞬間停住。

「喔、喔。」

為了假裝平靜，空太說著喝了牛奶。

冷靜點。總之先冷靜下來。

本來就沒有動搖，所以倒也沒這個必要。

對了，應該是為了收集資料。前陣子才這麼說了，所以應該是這樣吧。一定是這樣。什麼嘛，根本就沒問題嘛。

空太正在心中鬆一口氣的同時，又從美咲口中聽到了新的情報。

「還說要去賓館呢！要是暗通款曲、跟仁跑了，我可不管！」

空太含在嘴裡的牛奶全噴了出來，噴到站在前面的美咲臉上。

「哇～～顏射呢。好色情喔。」

連千尋胡亂的發言聽來都覺得遙遠。

「賓館是指愛情旅館嗎？」

「我不知道什麼愛的荷爾斯泰因馬（註：與愛情旅館音近）啦！」

「我也不知道啦！」

「你動搖得太厲害了。不過是賓館而已，又沒什麼大不了的。」

千尋伸手拿新的啤酒。

「很嚴重吧！」

「可是我聽說是為了收集資料？」

老師站在監督學生的立場，卻毫無危機意識。

「那個土邦主學長，怎麼可能去了賓館卻什麼都不做？不可能吧！絕對不可能吧！」

「嗯，說得也是。」

「一定是這樣的！就像老師要找到結婚對象一樣地不可能！」

「咦？你剛說了什麼很沒禮貌的話吧？你以為我醉了，所以講了很失禮的話吧？對吧？我可是聽得一清二楚。」

空太完全無視千尋的話。反正是個馬上就忘得一乾二淨的醉鬼。

「學姊請先去洗把臉吧！把妳弄得一副鹹濕的樣子，真是抱歉！」

「學弟如果也換好了衣服，就到玄關集合喔！」

「六十秒後過去！」

「三十秒喔，學弟！」

「了解——！」

空太回到房間；美咲跑到廁所；千尋則喝完了第十罐啤酒。

「啊，今晚得準備紅豆飯（註：日本慶祝喜事時吃的飯）了。不過，回來大概也已經是明早的事了。」

衝出櫻花莊的空太與美咲攔了計程車，追蹤真白手機的GPS，來到幾年前開始開發的隔壁車站。

將一萬圓鈔票遞給司機後，找的錢都還沒拿，美咲就衝向大型購物中心。

「啊，小姐，錢還沒找！」

「不用找了！」

離去的背影很有男子氣慨地叫著。

空太也慌張地跟上去。雖然車資才一千多圓，但剛攔到車就用手機抵著白髮司機的臉，還說了不講理的話，給對方找了麻煩。

「三分鐘內要到這裡！沒問題的，大叔你一定辦得到！人家相信你！GO——GO——GO——火力全開！二氧化氮給他用下去！讓我瞧瞧你的厲害吧！」

一考慮到這些事，也就沒辦法收下找的錢。

跑在前面的美咲在入口前停下腳步，回頭看著空太，並對他揮揮手。

「學弟！你太慢了！趕快解除限制！已經可以拿下手上的鉛錘了！」

「我是正在做什麼修行啊！我已經盡全力了！」

「可是我還有三階段的變身耶！」

「什麼！妳還打算繼續進化嗎？」

空太追上之後，美咲又打算繼續往前跑，他趕緊抓住她的肩膀。

「我們還在這裡晃的時候，他們已經在卿卿我我地約會了！」

「GPS反應就在附近，接下來要慎重地前進。」

「好～～那就切換成潛入模式！」

美咲引來周圍的注意，躲進植物盆栽的後面。

「妳這樣更顯眼了！」

「學弟，在哪個方向？」

確認手機。地圖上的縮小比例尺已經非常接近實際的大小。真白的反應出現在販賣流行小物以及室內裝飾品等各種商店的南方。

空太招手把美咲叫了過來，兩人往GPS所顯示的光點接近。

搭乘手扶梯上了二樓，隱身在柱子後面。

「在嗎？」

美咲將臉從蹲著的空太肩上伸出去。她的呼吸搔著空太的耳朵，當中還殘留著一點牛奶的味道。

「學姊，妳一身奶味。」

「還不是學弟射的！」

「拜託妳不要在公共場所講『射』這個字，路過的女大學生都用輕蔑的眼神看我們。」

「啊，在那邊！」

多虧興奮的美咲將體重壓到空太身上，讓他背上感到幸福的彈性。一瞬間想大呼「嗚喔」，不過一發現仁跟真白的背影，注意力又輕而易舉地被轉移過去。

仁與真白看著商店，往裡面走去。

這對高眺的帥哥與纖細的美女，也引來了除了空太與美咲以外的人的目光，擦身而過的人幾乎都會回頭再看一眼。

停在Fancy Shop（註：販賣飾品、包包等，以年輕人為主要客群）門口，仁指著櫥窗，對真白說了些什麼。因為有些距離所以聽不到。真白偶爾會短暫地開口，但基本上都是仁在說話、真白回答的樣子，與跟空太在一起時一樣，自己幾乎不主動說話。

Fancy Shop裡的商品似乎不是目標，之後兩人又在商店之間移動。發現想看的東西便停下腳步，幾次對話後繼續往前走，重複著這樣的狀態。

「收集資料嗎？這是收集資料嗎？賓館才是吧？這裡可是購物中心耶！他們兩個到底在幹什麼～～！」

「……我也覺得看起來像在約會。」

「都是因為學弟一直漫不經心！你這軟弱的東西！」

「真是沒面子……」

「你這軟弱的東西！」

「為什麼要講兩次？」

心中感到鬱悶不舒服。不，應該是感到火大。

想把手伸進嘴裡，把這樣的感覺全都挖出來。但空太自己也知道，那不是有形、抓得到的東西。

一點都不有趣。

當然是指仁跟真白兩人。

兩人的距離稍微拉近，就讓人想叫出聲。兩人的肩膀碰觸到時，就讓人想衝上前去。但是不能這麼做。

「學弟，我已經受不了了！」

美咲正準備走出去，空太拉住她背後交叉的吊帶阻止她。

「妳那樣做，馬上就會被揭穿！」

「沒問題的！就當成我也正好閒晃到這裡來買東西就好了！」

「戰術太嫩了！」

「可是！可是！我已經受不了了！已經要滿出來了！要溢出來了！要變成洪水了！」

為了宣洩體內就快爆發的情感，美咲不斷以頭錘敲著空太的胸膛。

「請不要鬧了！」

「可是！」

抬起頭的美咲一副泫然欲泣的表情。

空太拉著變得消沉的美咲的手，移動到下一根柱子。

仁與真白逛著飾品店。

「『喜歡就買給妳。』『咦，不用了，不好意思。』『沒關係啦，我想買來做為第一次約會的紀念。』『那就恭敬不如從命囉。』他們之間一定是這樣的對話！」

「就算仁學長會那麼說，椎名也絕對不會說那種話。」

「『那下次就請你吃我做的料理做為回禮。』『真的嗎？那真是令人期待啊。』『你有想吃的東西嗎？』『有啊。』『是什麼？快告訴我。』『我想吃妳。』『啊～～你好色喔～～』『沒辦法啊。誰叫妳看起來這麼美味。』『老是說些色情的話，討厭你。』『啊哈哈，抱歉抱歉，別生氣了。』那兩個人一定是這麼說的！」

「不要亂加奇怪的低俗橋段！仁學長可能會對別人那樣說，但椎名不是那種人！」

「不然應該是怎樣？讓我來聽聽小真白專家的意見吧！」

仁與真白停在賣傘的商店前。大概是看到了中意的東西吧，真白打開了水藍色的傘。

「『喔～～看起來很適合真白呢。』『……』『買給妳吧。』『……』『不要嗎？』『……』

『喔，不要啊。』大概是這種感覺。」

「學弟，你的想像力已經貧乏到快餓死了吧！你講的一點都不有趣嘛！」

「我們沒在追求有趣的程度吧！」

「根本就沒有小真白的台詞啊！」

「椎名根本不太說話的！這樣還頗寫實的啊！」

這次仁跟真白停在賣時髦餐具的商店前。仁正在物色商品，真白則回頭看了剛剛的傘。雖然最後並沒買，但看來她還是有所留戀的樣子。

然而，仁對她說了一些話後，她的興趣就被轉移到馬克杯上去了。

「神田同學，你在做什麼？」

突如其來的聲音，讓空太稍微發出驚嚇聲。不是美咲的聲音。空太提心吊膽地回過頭去，發現青山七海正帶著可疑的眼神站在正後方。身穿設計簡單的奶油色針織衫，下半身則是丹寧裙加及踝的內搭褲，肩背偏大的包包。平常只看過她穿制服的樣子，所以一瞬間認不出是誰。

「啊～～小七海！妳好啊！」

「上井草學姊，我已經講過很多次了，請不要那樣叫我。」

「叫妳小七蹦比較好嗎？」

七海皺起眉頭。

「叫我青山就可以了。」

「小青山啊。」

聽來像是還流著鼻涕的孩子王的綽號。

「拜託妳叫我青山就好了！」

「妳死心吧，還是被叫小七海比較好一些。」

關於綽號，空太也有過痛苦的經驗。小空太、小空蹦、龍葵鹼（註：日文發音與「空太」相近）……其他還有像是萌系角色、悠哉角色、有機化合物等莫名其妙的東西。最後花了整整一天，才終於塵埃落定為現在的學弟。

但畢竟不可能在這種地方討論到隔天早上，更何況空太跟美咲還在跟蹤仁與真白。

大概是從空太疲累的表情察覺到了吧，七海深深嘆了口氣。

「就小七海吧……」

七海舉白旗投降了。

「話說回來，神田同學你們在做什麼啊？」

「不，青山妳才在這邊做什麼吧。」

「我正要去打工。就在前面的冰淇淋店。」

「冰淇淋？我們來吃冰淇淋吧，學弟！」

美咲立刻反應。

「請不要憑野性來行動！好好用腦袋思考！」

開始覺得她的背帶像調皮小狗的項圈。

「危險，真是太危險了……差點就要逃避現實了。謝謝你提醒我，學弟。」

「神田同學跟學姊的感情真好。」

撇開頭的七海輕聲地簡短說了。看來她現在還沒發現仁與真白的存在，說不定可以蒙混打發過去。畢竟沒辦法回答，現在正在跟蹤別人約會。

「呃～～青山妳週末不是要去訓練班上課嗎？」

「今天的課已經上完了。」

「上完課就接著去打工啊？」

覺得她真是辛苦，但沒說出口。因為之前已經聽說過七海打工的原因了。

七海到東京來以及志向是當上聲優的事，都遭到雙親，尤其是父親強烈的反對。所以，雖然家中負擔她念高中的學費，但是在這邊住宿的房租、訓練班的學費，都靠她每天打工賺取。

也因為這樣，她被迫過著貧窮的生活，每到月底就會窮得連吃中餐的錢都沒有，肚子經常餓得咕嚕咕嚕叫。空太曾經在學生餐廳請她吃過幾次飯，但她隔月就會規規矩矩地還錢。雖然這也可說正是七海一板一眼的個性，但空太倒覺得是因為她不擅長向別人撒嬌。

「所以神田同學正在跟蹤椎名同學與三鷹學長的約會吧？」

這麼說著的七海看來心情不太好。

「妳為什麼會知道？」

剛說出口便發現自己是不打自招。躲在柱子後面的美咲，正窺探著仁與真白的樣子。

「真是糟糕的興趣。」

七海微瞇著眼睛，只差沒把「真是令人看不起」說出口。

「我無法告訴妳細節，但這有很重要的原因。雖然對我而言並沒有什麼特別的意義。」

「對我辯解也沒意義吧。」

七海毫不在意地走了出去。

「啊，等一下！」

「我打工要遲到了。」

「喔、喔，好好加油。」

七海聽了回過頭來。

「不用神田同學你說，我也一直都很努力。」

七海微微笑了一下，在前一條路上轉彎。

直到完全看不到之後，兩人繼續跟蹤。

但移動到下一根柱子時，美咲卻沒跟上來。空太無可奈何，只好先走回前一根柱子。

「學姊？」

「學弟。」

「什麼事？」

美咲低著頭蹲在柱子的後面。

「我的胸口好痛……」

她跟平常的樣子不同。

空太不喜歡看到這樣的美咲，連他都情緒低落了起來。每次尾隨仁的約會都是這樣。空太不知該說些什麼，而美咲原本就不期待他安慰的話語，結果兩個人都沉默了，彷彿空太也失戀了一樣。

但空太這次並非感受到別人的痛苦，而是自身也有真實的痛楚，與美咲同樣胸口感到一陣疼痛。

「學姊的病大概會傳染吧。」

「學弟？」

「我也覺得很難過。」

客觀來看，離開的仁跟真白是很登對的一對。說不定在空太的內心某處，以為真白只會對自己親近。明明不可能這樣，仁太懂得如何對待女孩子了。原本一開始就不存在任何「空太是特別的」的根據。

殘酷的事實清清楚楚地擺在眼前。

但是，胸口的痛楚與負責照顧真白的自尊無關。那是神田空太個人的人格感到一陣揪心。

沒想過要去思考原因。

也沒笨到在這時才想要漠視自己的情感。

「仁學長大概喜歡長得漂亮、個性又乖巧溫和的類型吧。」

就空太所知，演劇學部的麻美學姊是溫順型的；而護士紀子是療癒系；粉領族的留美則是知性成熟女性的感覺。而且她們年紀全都比仁大。

「我也這麼覺得。最早交往的風香也是……」

「妳那麼早就開始跟蹤了嗎……」

「不用跟蹤也知道。因為她是我姊姊。」

「等一下！咦？姊姊？」

「仁國中畢業時他們就分手了，所以大概交往了半年左右。」

美咲望著愛慕的人的背影，空太已經無法直視她。

「風香長得很漂亮呢。是我引以為傲的姊姊。」

不知該說什麼。

美咲也長得很可愛，這應該是全世界男性公認的。但是，即使空太這麼說也沒有意義。能夠傳達到美咲心裡的，只有仁的聲音。她想要的只有仁，所以才想追求，卻始終無法得到。所以才會感到痛苦，但又無法罷手。

「大概是發生了什麼事吧。」

「咦？」

「仁上了高中之後，就突然開始同時跟很多人交往。在那之前，他明明只專情於風香一個人而已。」

「這樣啊。」

「……唉。為什麼不是我呢？真令人沮喪～～」

美咲已經快被擊潰了。

即使如此，還是不能不繼續跟蹤仁與真白。之前問過她，她一臉認真地說看著就覺得很痛苦，但默默待在家裡更令她難以忍受。雖然空太現在還是無法理解她藉由受傷而感到安心的行為，卻也強迫自己接受美咲就是只能這樣生存下去。

仁跟真白搭手扶梯下到一樓。

美咲跟了上去。

「啊，請等一下！」

空太停在兩人剛剛逛過的雨傘店，拿起真白撐開過的傘走向櫃台。

「學弟！仁跟小真白要走掉了！」

「離他們有一點距離也無所謂，因為有ＧＰＳ。」

拿了五千圓鈔票買了一把傘。熱心的店員大概誤以為是禮物，還特意用了禮物的包裝，所以他們走出店門時已經花了一些時間。

被迫等待的美咲心情很惡劣。

「啊～～已經看不到人影了啦！」

「馬上就能追上的。」

空太從口袋拿出手機找尋真白的位置。

螢幕顯示了載入的畫面，卻遲遲沒出現地圖。像是沒了訊號一般，圖示只是不斷地閃著。

「咦？」

「怎麼了？」

畫面顯示無法搜尋。

再試了一次，還是出現一樣的訊息而被拒絕了。

「可能是椎名的手機沒電了……」

「等等！你剛剛明明說沒問題的～～！」

美咲抓住空太的衣襟猛力搖晃。

「不，不！沒問題的！如果到一樓去，應該就是要離開了！這附近的賓館只有大馬路上看似城堡的那一家而已！」

「就是它！趕快走吧！」

兩人衝出購物中心，來到大馬路上，在通往對面的天橋上發現了仁與真白的蹤影。為了不被發現，空太與美咲彎著腰，也走上了樓梯。

等著仁與真白往下走到對面，空太及美咲隱身於鐵欄杆旁由上往下窺探。下了樓梯，眼前是一座全白的城堡。

「真的會進去嗎？」

真白毫無感情地望著城堡，不知開口說了些什麼，仁就笑了。之後，仁便在真白的耳邊竊竊私語。

「學姊，要趕快阻止他們！他們真的會進去！」

為了躲藏而靠著空太的美咲重量突然消失。

「美咲學姊？」

空太回過頭去，發現她已經站起身來。這樣會被仁跟真白發現的。

「學姊！」

「夠了……」

她發出嘶啞般微弱的聲音，令人難以置信這是美咲的聲音。

「我……要回去了。」

大顆的雨滴落在美咲臉頰上。

天空依然晴朗。

但雨還是沒停，依然啪答啪答地下著。是由美咲滴下來的。

「我回去了。」

美咲只說了這句話，低著頭往剛剛來的路走回去。速度逐漸加快，由快走變成小跑步，最後成了全力奔馳。

想要追上去的空太，眼角餘光看到了仁與真白。

「！」

仁抓住了一臉猶豫的真白的手，硬是要把她拖進去。

人類的思考到此為止。

理智的線路斷了，美咲的事也完全拋諸腦後。

空太發出野獸般的吶喊，衝下樓梯。

仁與真白回過頭來，好像在說些什麼，但已經傳不到耳裡。

空太以停不下來的氣勢衝上前去要揍仁。握著的拳頭發燙，喉嚨也是。彷彿全身都燃燒了起來。

揮出去的直拳，筆直地朝向仁。在擊中下巴的前一刻，空太的視野晃動，不清楚到底發生了什麼事。這當然是因為沒料想到仁會出手反擊。

因為身高所以攻擊範圍較長的仁，拳頭擊中空太的下顎，空太的腦漿因而晃了一下。

全身肌肉已經放棄工作。視野裡只有慢慢逼近的地面，水泥地浮了上來。感覺不是自己倒下去，而是整個世界開始扭曲變形。正對此覺得奇怪時，空太的意識已經一片空白。

## 4

當空太回過神來，看到了鏡球。

反射粉紅及紫色等各種豔麗的光旋轉著，俯視著空太。

「你醒了？」

像是要遮住視野一般，真白的臉上下顛倒出現在眼前。白皙的肌膚因房間的照明而染上少許的顏色。

意識還未完全清醒，空太呆望著真白。

發生了什麼事？

為什麼這個奇怪的少女是反過來的？

柔軟的枕頭是打哪來的商品？問了以後買一個來換吧。

但是，看來差不多該面對現實了。

「那個……椎名。」

「什麼事？」

「我躺的該不會是妳的大腿吧？」

「是啊。」

藉著開口說話，朦朧的意識一瞬間回到現實。

空太慌張地起身，因此與往下看著空太的真白額頭激烈碰撞。

他痛得滾來滾去發不出聲音。

真白倒是不怎麼痛的樣子，用手搓了搓撞到的地方。

「好痛。」

「那就表現出痛的樣子！」

「不會痛。」

「那就不用說了！」

完全搞不懂。椎名真白是個令人無法理解的生物。至少一般人不會輕易把大腿借給男生當枕頭躺。

「妳到底在想些什麼啊！」

「地球的事。」

「規模太大了！喂！」

「……」

「不，算了。」

真白一聲不響，一副不置可否的樣子，只是反覆眨著眼睛。

「這裡是……」

站起身來，才發現是在床鋪上。雙人床，而且是粉紅色心型，佔了房間的一半大。根本就是為了床鋪而存在的房間。

天花板及牆壁都是白的，因為飄著妖豔氣息的房間照明，而染上了情色的感覺。

裝飾著骨董風格的日常用品，總之就是從故事裡跳出來的公主房間。只是，並不是夢想著白馬王子出現的清純可人的公主，而是挺身想在城堡裡的權力鬥爭勝出的妖豔公主的房間。

燈光刺眼，腦袋已經開始昏昏沉沉。

茫然呆站著的空太，與屈膝坐在床上的真白，就像迷路而走錯地方的純潔小孩一樣，與這個地方完全不搭軋。

「這裡是賓館嗎？」

彷彿訴說著「現在才問這什麼問題」，真白只是望著空太，毫無反應。

「我被仁學長揍了之後昏過去了嗎……」

結果醒來就在賓館裡了。

一定是仁把空太送進來的。

「對了，仁學長呢？」

「回去了。」

「為什麼？」

「他要我照顧你。」

「……知道了。那我們回去吧。」

「不要。」

「妳好歹也想一下！妳知道這裡是什麼地方嗎？」

「今天要在這裡過夜。」

真白大膽的發言讓空太嗆到。

「我說妳啊！明明不願意進來吧……」

「……」

「在賓館的前面。」

「因為仁說了。」

「說什麼？」

「他說這樣空太就會過來。」

空太會過來。這到底是怎麼回事？

又不是一呼叫就會飛過來的英雄，怎麼可能有這種蠢事。不過，說不定……如果仁早就知道空太與美咲在後頭跟蹤，那就另當別論了。

「妳早就知道了嗎？」

「什麼事？」

真白的眼睛沒有說謊。這麼說只有仁注意到了。

「手機的電源是妳在途中關掉的嗎？」

真白輕輕地點點頭。

「這也是仁學長要妳這麼做的？」

真白又點了一次頭。

錯不了。仁早就知道了。

被設計了。仁完全看穿了空太的情感而故意試探他。說不定是連要把空太留在賓館的事也一起計算進去，所以才答應了今天的資料收集行程。

「晚點要去跟他抱怨一下。」

「仁是好人。」

「這我知道，但也該看地方吧！椎名也是，要仔細想過再行動！」

「……」

「如果只是收集資料，根本就不需要約會吧。」

激動的情緒讓空太說了不該說的話，當他發現時為時已晚。

「沒有約會啊。」

「你們不是一起去買東西嗎？」

以旁人眼光看來儼然是一對情侶。

「是仁拜託我的。」

「拜託妳什麼？」

「這是我們兩個人的秘密。」

空太因為這句話而更加焦躁不耐煩。

「是這樣嗎！」

真白突然站起身來。

「幹、幹嘛啊？」

她無視空太，逕自走向浴室。

「等一下！」

「什麼事？」

「話還沒說完吧！」

「為什麼要脫衣服！」

真白彷彿覺得多說無益般，解開了洋裝肩帶。

「我要洗澡。」

「看也知道！妳也看一下現在的狀況吧！妳叫我怎麼辦！」

「要一起洗嗎？」

「好，我知道了！那就在浴室裡繼續說教。」

「……」

「……」
「不趕快脫嗎？」
「我拜託妳快住手！」
「空太真是令人搞不懂。」
「我就老實說吧。有問題的是椎名，妳也該適可而止吧！」
他的聲音激動了起來，真白停下動作。
「妳也認真思考一下吧！如果真的發生什麼，妳要怎麼辦啊！」
一陣沉重的沉默，空太的焦躁開始將房間裡的空氣污染成混濁的顏色。
真白不以為意，穿著脫到一半的洋裝，緩緩地回頭看著空太。
「沒有意義。」
那聲音聽來格外冷漠。
「為什麼？」
「是一樣的。」
「我聽不懂妳在說什麼。」
「……」
「……」

「不管怎麼想，我都是來收集資料的。」

「我說啊……」

空太咬牙切齒，發出不快的聲音。

「空太。」

「幹嘛啊？」

「你又為什麼在這裡？你明明說過你很忙的。」

「……」

一瞬間，憤怒與焦躁全都消失。因為真白的聲音是如此冰冷，注視著空太的眼神裡能夠感受到明確的拒絕。

「沒有理由的是空太。」

「那是因為……」

空太自己很清楚，確實有理由。在購物中心時開始自覺到厭惡的地步。被迫有了自覺，看到真白與仁在一起，令人覺得很不愉快。這種情緒，不是昨天、今天才萌芽的，應該更早之前就有了。說不定從相遇的那天開始，這感情的種子已經種在空太的心中。

所以才會擔心得不得了。

不希望她遇到危險。

不希望她受到傷害。

希望有天她會在自己面前展露笑容。

自己很明白，也有理由，但是無法說出口。

「跟你沒有關係。」

空太無法將視線從真白身上移開。

「這跟準備離開櫻花莊的空太已經無關了。」

完全是單方面。

無法說出真心話的空太，已經完全沒有說服力。面對率直地將自己的心情說出來的真白，甚至連跟她對等說話的權利都沒有。

「為了繪畫，這是必要的。」

即使與廉價的一般論拿來相提並論，也毫無意義。無法傳達給真白。

真白照著自己所想的與自己的原貌生活著。

持續表現自己。

活著本身就是在創作，將它具體表現出來。

創作優先於其他事。在旁看著真白的生活至今，就能了解這一點。早就知道她是一個為了讓作品有笑容，而自己放棄了笑容的人。

收集資料是必要的。因為真白這樣判斷，所以才會在這裡。

剛剛還要她仔細想想，空太對於自己的輕率感到厭惡。

真白有在思考。

正因為是思考後所得到的結論，所以不猶豫、不動搖。

空太自以為很清楚，卻連這個都無法理解。他自己才是考慮不周、說話草率而膚淺的人。

「再見。」

空太無法得知真白是以什麼樣的表情說出這句話的。

他已經連與她眼神交會的自信都蕩然無存。

真白洗完澡後，換空太走進浴室。他只是低著頭淋浴。雖然毫無令人開心的事，但也流了汗，這麼做彷彿就能多少將積在身體裡骯髒不堪的東西也洗滌乾淨。

回到房間，真白趴在心型的床鋪上睡著，身上只包了浴巾，呈現毫無防備的姿態。

想要叫她穿上衣物，但空太還是沒辦法說出口。

反倒默默地幫她蓋上毯子。

曾經想過趁著真白在洗澡時回去。只是，不管在她身邊有多痛苦，把她一個人留在這種地方更讓人擔心。所以即使對自己感到焦躁不耐，還是決定留下來。

又不可能一起在同張床上睡覺，於是空太儘可能在離真白遠一點的地方找了自己的位置。他坐在玄關旁的地板上。

拿了手機打給仁，馬上就接通了。

『哦，感覺如何？』

「糟透了。」

『哈哈，那真是抱歉。本來打算讓你揍一拳的，誰叫你衝過來的樣子活像個惡魔似的。我想你可能不會揍一拳就饒了我，所以只好出手了。』

「無所謂。」

『什麼啊，你不是來抱怨的嗎？』

「已經沒那個心情了。」

『跟真白吵架了嗎？』

仁清楚得很。空太打從心底希望自己也有這樣的從容。

「根本連吵架都稱不上，只是單方面受到即死級的連續攻擊。」

『真白呢？』

「正在睡覺。」

『在你懷裡？』

「在被攻擊得七葷八素之後，怎麼還會有這種發展啊？她一個人在床上睡。」

『你呢？』

「被夾在鞋櫃跟牆壁之間。」

這時傳來仁大爆笑的聲音。

『你到底在做什麼啊？』

「我有同感。」

『真白真是可憐。』

「……那我呢？」

『你完全不值得同情。』

雖然自己也這麼覺得，但被仁這麼一說，還是無法釋懷。本想抱怨的，但話題一旦被扯遠，決心就會動搖，所以還是算了。

「我要搬離櫻花莊。」

『你是為了說這個才打電話來的嗎？』

「不行嗎？」

『嗯，不過我不會干涉你的。只要你覺得這樣對你比較好就夠了。』

「我是這麼覺得。」

『只是，我不能看著可愛的女孩子難過。』

「誰會為了我的事感到難過啊。」

『而且總要讓人知道我的辛苦才划算啊。』

「喔。」

『首先，我今天一直被罵呢。』

「被誰罵？」

『真白。』

「為什麼？」

『她叫我不要欺負你。』

「啊？」

『雖然不是說得這麼明白，但我離開賓館以後反覆思考，覺得她應該是這個意思吧。』

「什麼啊？這麼模糊不清的感覺。」

『我不像你對真白那麼專業。為了跟她溝通，一開始可是很辛苦呢。』

「說是這麼說，還是很愉快地約會呢。」

『約會啊。』

仁以乾渴的語氣說著。

他思考了一下，對話停了下來。

『關於今天的事，真白沒說什麼嗎？』

「她說是你們兩個人的秘密。」

不管怎麼努力，開口說話還是會有鬧彆扭的感覺。

『是我要她不能說的。』

「沒意義吧。」

『別這麼說。真的只是為了收集資料，請她順便陪我買東西而已。』

「跟我講這個要做什麼？」

『別生氣。真是的，本來不想說的。明天是美咲的生日，所以才請真白幫我選禮物。了解了嗎？』

「……」

『不過我告訴她，如果空太問起就可以說。她大概是為我著想吧。』

「那又怎麼樣？」

現在才知道這些也沒用了。反正自己已經決定要搬離櫻花莊了。

『而且啊，今天在賣傘的店裡看到不錯的東西。』

那把傘現在正包裝得好好地擺在門口。

『我跟店員都推薦她買，不過她說今天不買。你知道為什麼嗎？』

「我怎麼可能知道。」

『她說「因為要跟空太一起來買」。是你答應她的吧？』

仁這麼一說，空太的胸口感到一陣尖銳的刺痛。

確實有過這樣的對話。但那根本不是什麼約定，只是對於與真白的應對感到厭煩，隨口敷衍的話語而已。

但是，真白卻把它當成一定會實現的約定。

雖然無法理解，她為什麼會如此把自己所說的話當真，但是這個事實卻深深地刻劃在空太心裡，而感到椎心之痛。

『不想被別人搶走，就好好當個飼主照顧她吧。』

「飼主……的確，椎名就像不可思議的動物一樣。」

『不把她牢牢抓住的話，可是會後悔的。』

「綁上項圈，繫上鎖鍊之類的？」

『喔，不錯呢。真是誘人。』

忍不住想像起戴著項圈的真白，空太慌張地急踩剎車。

「請不要害我做奇怪的想像！」

『機會難得，要不要試試看？那邊可以借很多東西，項圈跟鎖鏈之類的應該都有。』

「才不要！」

『第一次最好是正常一點的。』

「不要再繼續這個話題了！」

『真是個認真的傢伙。』

冗長的對話結束後，空太自然而然看了真白睡的床。

『那我要掛電話囉。』

「啊，等一下。」

『還有什麼事啊。』

「仁學長，你現在人在哪裡？」

『嗯？在留美的公寓啊，怎麼了？』

「還可以講電話嗎？」

『嗯，因為她現在在洗澡。』

這麼說來，確實隱約可以聽到聲音。

「真是生動逼真啊。」

『你剛剛叫我幹嘛？』

「今天請你回櫻花莊。」

『……』

即使不說，仁應該也知道這是什麼意思。

知道自己被跟蹤，也就知道空太是跟誰在一起。

「就連我也感覺得出來，仁學長……」

『好，STOP。』

「仁學長！」

『我拚了命不說的事，你也不准說。』

「美咲學姊的事我已經看不下去了。」

『啊～～居然還是給我說出來了。』

仁的口氣輕鬆。說不定早料到會有這麼一天吧。

『我是不可能的。』

「為什麼美咲學姊就不行呢。」

『……』

「仁學長？」

『一般人會這樣問嗎？』

「因為我已經沒什麼餘力，所以就開始口不擇言了。」

『你是明知故犯吧。』

「因為你會買生日禮物給她，就表示是這麼回事吧？」

對話停頓了一下，透過手機聽到仁的聲音。

『……現在不太妙。因為如果看到那傢伙沮喪的表情，我就會想要侵犯蹂躪她。』

「什麼！你這禽獸！」

『在我內心確實存在著想要傷害美咲的野獸，想要竭盡全力把慾望發洩在她身上弄髒她。想要破壞……即使只有一瞬間也好，想擁有優越感。』

仁的聲音沉靜，微微顫抖著。

『但是，對我而言那傢伙是特別的。連要碰觸她的一根手指都會猶豫，是非常非常重要且珍貴的……』

從他平常的態度就能多少感受到。明明很少回來，卻非常注意美咲的事。有時看到空太與美咲在一起還會發火。

『第一次交往的人跟我說了以後，我才開始有了自覺。』

「……是美咲學姊的姊姊嗎？」

『不會吧，美咲連這個都跟你說了？真是開始對你有點不爽了。』

「對不起。」

『果然揍你一拳是正確的。』

「這個怨恨我不會忘記的。」

『就個讓它付諸流水吧。』

「才不要。分手的理由也請告訴我吧。」

『那個就沖到馬桶裡去吧。』

仁苦笑著，沒有抗拒。他也不打算說到這裡就作罷吧。

『我到現在都還沒忘記風香說的話。不，是忘不了。一字一句都還記得清清楚楚。「對仁而言，我不過是美咲的替代品。因為害怕傷害美咲、因為想要維持她美麗乾淨的樣子留在身邊，所以你抱著的人才會是我。」』

「真是傷人啊。」

『在她這麼說之前，我完全沒有這麼想過，毫無自覺。但是，我卻說不出反駁的話。她最後說「你好歹也辯解一下啊」，然後用拳頭揍了我。』

「哈哈。」

『這可不是好笑的事，我還流鼻血了耶。』

想像仁蹲下流著鼻血的樣子，讓人更想發笑了。

「我無法理解仁學長的戀愛。」

如果是自己喜歡的女孩子，應該會想好好珍惜吧。破壞或弄髒之類的，根本完全相反。

「總之，請你今天還是回櫻花莊吧。」

『我～～說～～過～～了～～如果現在回去，我有把握一定會侵犯她。』

「那就上吧。」

『空太，你剛剛是怎麼聽我說的？』

「就仁學長深愛著美咲學姊。」

『笨蛋！你真敢講啊！』

「當作我被揍的回禮。」

『我是不可能的……』

「為什麼？」

『因為我已經知道為什麼想要傷害那傢伙了。』

「那是……」

『啊，抱歉。留美要出來了，我要掛電話了。』

「等一下，仁學長！請一定要回櫻花莊！」

仁沒有回應。只能相信了。櫻花莊裡還有千尋在，或許不需要太擔心，但還是會在意。今天是第一次看到美咲哭了。以往她都只是緊咬著嘴唇，忍耐到極限。今天並沒有比較特別，只是累積已久的感情宣洩出來。就是這樣的感覺，所以覺得事情沒有那麼簡單。

空太關上手機，放在鞋櫃上。

額頭埋進抱著的膝蓋，閉上眼睛。

夜晚好安靜。沒了自己說話的聲音，就莫名地寂寞了起來。

仁說的話閃過腦海。真白的事、雨傘的事、約會的事。

聽到真白的呼吸聲，空太拚命把它當作搖籃曲，努力著想趕快睡著。心裡想著，明天要針對今天的事向真白道歉，然後獲得原諒，再心情愉快地離開櫻花莊吧……

## 5

睡醒時感覺糟透了。

蹲坐實在不適合睡覺，所有關節都在痛，別說是站起來了，連轉動身體都有困難。像要鬆弛僵硬的手腳，空太花了很多時間才從鞋櫃與牆壁間爬出來。

接起來自櫃台取代鬧鐘的電話，被催促著趕快辦理退房，空太便帶著稍晚才起床的真白離開賓館。

外面下著雨。以六月來說氣溫頗低，稍有涼意。

真白抬頭看了灰色的天空。

空太也跟著仰望。

兩人起床後一句話都還沒說。

錯過了道早安的時機，總覺得現在才說也沒意思，就連離開房間時，空太也只是用下巴示意門的方向而已。

在電梯裡也是，走廊也是，甚至連在無人櫃台還鑰匙時也沒說話。

真白則更頑固，不但一句話也沒說，甚至連看都不看空太一眼。看到那「已經有長期抗戰的準備」的態度，空太也沒了道歉的打算。

既然妳想這樣，那也正合我意。

反正已經要離開櫻花莊了。

已經不用再與椎名真白有任何瓜葛。

隨便妳想怎麼做。

這場雨恐怕沒這麼快就停，真白想在雨中走回去。看著她柔弱纖細的背影，空太無意識地叫住她。

「椎名。」

「……」

真白只是稍微回過頭。

視線朝下，不看空太。

空太由下遞出細長的包裝，好讓它進入真白的視線裡。那是在購物中心買的傘。

「拿去用吧。」

硬塞給她之後，空太自己爬上了天橋的樓梯。

現在覺得冰冷的雨很舒服，能洗去不喜歡的東西。藉由虐待自己，沉浸在接受懲罰的心境。雖然沒有人原諒自己，但卻覺得彷彿已經被諒解了一般。

緩緩地走在天橋上仰望著天空，邊被雨水打著。

眼前突然被藍天覆蓋。

追上來的真白把傘伸過來。是天空藍的傘，內側畫了天空圖案的傘。對真白來說雖然有些太過華麗，但比起美咲借給她的紅傘要好得多。

「這把傘是怎麼回事？」

「因為某人似乎很想要，所以就想買來當禮物。」

「這樣啊。那還給你。」

「不用了。給妳。」

「那要給某人的禮物呢？」

「妳是不是誤會了？」

「沒有啊。」

「我說的某人指的就是妳啊。」

空太感到有些不好意思，邊說邊走了起來。

真白小跑步地跟上。

在空太的身邊撐起傘，結果走起路來變得很不方便。

「謝謝。」

「……沒什麼，不用在意。」

「嗯。」

真白低著頭。

「空太……」

「嗯？」

身旁的真白抬起頭來。這是今天第一次四目相交。

真白正打算說什麼而開口的那一瞬間，有人從後面叫住了他們。

「你們兩個。」

站在後面的是穿著塑膠雨衣的警察。因為沒帶傘，所以連帽子上也戴上了塑膠套。

「你們是高中生吧。」

警察一副覺得可疑的眼神，說不定是看到他們從賓館走出來。

「是啊。」

「不，我們是大學生。」

空太與真白同時回答。

警察以更加覺得可疑的眼神看著他們，一副已看穿謊言般的態度往空太走近一步。

「喂，這要瞞混過去吧。」

空太對真白耳語。

「為什麼？」

就算是秘密的對話，只要扯上真白，秘密就跟不存在一樣。

空太全身無力。

「就算你們是男女朋友，翹課過著糜爛的性生活也讓人無法苟同。」

「我們不是男女朋友。」

「喂！椎名，妳不要再說了。」

「你們是什麼關係？」

空太正拚命地想辯解，真白又信口說了起來。

「空太是我的飼主。」

彷彿吹起了暴風雪。

警察以絕對零度的眼神，讓空太瞬間凍結。

「這、這是誤會！椎名妳在說什麼蠢話！」

「他說要幫我綁上項圈。」

「為什麼妳會知道這個？莫非我跟仁學長講電話時妳醒著？」

這麼說起來，她應該也聽到了空太說要離開櫻花莊的事。這更讓空太產生動搖。

「……」

真白沒有回答。

「你不是還說要繫上鎖鍊？」

空太已經沒有勇氣跟清著喉嚨的警察對看了。

「不、不，等等！不要只片斷地講些糟糕的部分。怎麼回事？妳是跟我有仇嗎？還是對昨天的事懷恨在心？那真是對不起！我不會再得寸進尺地對妳說教了！所以趕快解開警察先生對我們的誤會吧！再這樣下去，我會被社會給抹煞掉的！」

「想解釋的話，我會在局裡聽你說的。跟我一起走吧，主人大人。」

「警察先生！你怎麼可以對市民出言不遜？誰是主人大人啊？如果證明我是無辜的，就要告你毀謗名譽喔！下次就法院見了，你這傢伙！」

「不要多說些有的沒的，趕快過來！」

空太被警察抓住手臂，硬拖下天橋。

「椎名！」

「因為也要向妳問話，妳也一起過來吧。」

「我知道了。」

「先把誤會解開啊！」

在警察局的走廊上，與少年課的女刑警交談，在約兩個小時的案件說明結束之後，空太已經累翻了。

因為事情複雜而無法只挑重點說明，結果只好從真白想要當漫畫家，因此去賓館收集資料的來龍去脈都說明完，才終於獲得理解。但也被再三叮嚀「不管理由為何，以後都不要再有這樣的事發生了」。

拚了命的說明結束，千尋終於來接人了。她說著「給各位添麻煩了」並低頭道歉。她對外人的姿態雖然讓人毛骨悚然，但是多嘴的下場可能會很慘，所以空太也以值得稱許的態度致意。

不管怎麼說，總算是無罪釋放，也不會被記上輔導歷（註：一般指犯罪以外被警察輔導的經歷，少數廣義則指含刑事事件被逮捕輔導的經歷）。

走出警察局時，雨已經停了，雲縫間也已經看得到太陽。

「真沒想到結果紅豆飯竟然是為了你準備的。」

「妳還真的煮了啊！還有其他應該說的話吧。」

「當然有啊，不過我一直在忍耐喔？了解吧？」

千尋以壓抑著焦躁的表情逼近過來。

「我、我知道。」

空太退開三步遠。

「你要做什麼都行，但是要做得夠漂亮。就像三鷹那樣。」

「只要不被發現就無所謂，那根本是壞蛋的藉口。」

「什麼？你想當好人嗎？」

「是有這個打算。」

「不隨便一點是很辛苦的。還有妳也是。」

千尋對著後面的真白說道。

「唉～想到要回學校就覺得麻煩。」

千尋先往車站方向走了出去。

空太沒有立刻追上去，就這樣看著前方，意識則放在後面的真白身上。

「椎名。」

「……」

感受得到她的氣息，卻沒有回話。

「昨天真是抱歉。我說話的方式不太好。」

「……」

「我知道椎名是經過仔細思考後才採取行動的。」

「……」

「但是，就算是收集資料，也應該先考慮一下場所。」

「……」

「雖然我要離開櫻花莊，但我會聽妳說的。全都跟我說吧，要去哪裡、做些什麼，也都仔細地告訴我吧。」

如果早知道她要去的是賓館，空太就不會說出要她去拜託仁的那種話。

「反正我也很閒。」

空太開玩笑以隱藏自己的難為情，但真白還是不發一語。

空太無可奈何，正打算向前追上千尋時，真白從身後抓住空太的連帽上衣袖子往後拉。

「椎名？」

想回頭卻沒辦法。

「你不要走。」

真白以微小卻非常清晰的聲音說著。

「可是，我……」

要是不說些什麼，心就會輕易潰堤。

「我……」

腦袋完全不運作，想說的話說不出口。只是要再次宣言要搬走而已，卻連這都做不到。

內心不斷重複深呼吸。

轉過頭去，清楚地說出來吧。

剛這麼決定的瞬間，真白的額頭靠到背上。因為這樣，空太忍不住挺直了背脊，完全無法轉動。

被輕輕觸碰到的背感覺好溫暖。

連氣息都好靠近。真白就在身旁。接著什麼也沒說，只是無言地傾訴著。

無聲的嘆息似乎喘不過氣來。

怎麼能因為這樣就把已經決定好的事否定掉。空太雖然這麼想著，卻無法將真白那從背後湧上來的不安置之不理。而且，也不能偽裝自己之後，又獨自後悔不已。

「……搬家……」

「嗯？」

「搬家很辛苦啊。」

「……是啊。」

「要提出住址變更申請也很麻煩。」

「嗯。」

「一般宿舍是兩人一間，住起來不自在，而且又有囉嗦的門禁。其實我還蠻不喜歡的。」

「這樣啊。」

「再說，櫻花莊也不賴。」

「我很喜歡。」

彷彿真白所說的對象是自己一樣，空太的心臟猛跳了一下。真白應該也感覺到了。

「其實我也很喜歡。」

只是，總覺得老實承認了就很難看。

被周圍的人認為是問題人物的巢穴，連自己也這麼覺得，於是開始欺騙自己，一直告訴自己過得平凡不招搖才是最重要的。

一開始覺得櫻花莊真是亂七八糟，全是些奇奇怪怪的傢伙。幾乎每天都會發生事件，因為學生與老師都太有個性了。

但是，那些都很愉快。

櫻花莊比起一般宿舍要有趣太多了。

每天都像校外教學一樣。

雖然班上的同學可能無法理解，大部分的老師都敬而遠之，但是空太一直以來都知道。

這是確切的事實。是現實、是真實。

「我說啊～～？」

走在很前面的千尋，表情僵硬地站定。

「你們已經忘了我的存在了吧？充分享受青春之外，多少也想一下你們帶給周圍的麻煩吧。真是害我雞皮疙瘩掉滿地！」

「才、才沒有享受青春咧！」

空太的動搖，全都是緊貼在背後的真白害的。

「還說什麼『其實我也很喜歡』啊。好冷！」

「嗚啊啊啊啊啊！不要重播那麼危險的台詞！」

「真是讓人不爽。就像『我眼中只有妳』的感覺，真叫人火大。」

「請不要繼續在我的傷口上灑鹽了！妳好歹也是老師吧！」

「我的教育方針是獅子型的！」

「那也太不乾不脆了吧！」

「既然你這麼有意見，那我決定了！今晚要召開櫻花莊會議！」

「啊？議題是？」

「要立法禁止宿舍內戀愛及青春！」

千尋蠻橫不講理的咆哮，響徹六月的晴空。

她魯莽冒失地往前走，催促著空太兩人動作快一點。

空太無視於千尋，配合著真白緩慢的步調。

他看著她的側臉。真白也看著空太。

「怎麼了？」

「不，沒什麼。」

其實很想問她為什麼，但是又想到，反正她大概會回答「少了會給年輪蛋糕的人會很困擾」，所以實在提不起勁來問。

現在就這樣也不錯。

六月十四日。

櫻花莊會議的會議紀錄上如此記載。

——關於宿舍內戀愛及青春的禁止法令，一名贊成、五名反對，因此否決。今日又實在地浪費了時間。書記．赤坂龍之介

# 第四章
# 認真起來其實也不壞

1

在受警察照顧的當天晚上，空太把貼在房間牆壁上寫著「目標！脫離櫻花莊！」的紙撕毀丟棄，在所有人的面前宣示要留在櫻花莊。

「把氣氛弄得這麼糟，真是對不起。也因為這樣，我完全清醒了。我決定今後也要繼續待在櫻花莊，請多多指教。」

面對低頭道歉的空太，仁露出了「我早就知道會這樣」的微笑；千尋則要他不要發表這種丟臉的宣言，然後繼續喝著啤酒。一開始就不把這當問題的美咲則是扯到毫不相關的話題上；而理所當然沒走出房間的龍之介，則是完全交給電子女僕：

——好的。您辛苦了。女僕敬上

自己倒是始終沒回應簡訊及聊天室。

而讓空太決定留在櫻花莊的原因——真白，回到宿舍後立刻轉換成執筆漫畫模式，空太也無從得知她的想法。

大概是截稿日期快到了，真白的注意力又比之前增強許多，當她作業時基本上跟她說什麼都會被忽視。

像是告訴她：

「喂～～椎名，可以去洗澡了。」

「……」

「洗澡。」

「……」

「事到如今好像什麼話都能說了。妳再不回話，我就要揉妳胸部囉。」

「……」

「對不起，我剛剛是亂說的。」

就像這樣的情形，真白毫無反應。當然空太也沒那個膽量真的去揉她的胸部，所以這天只好死心回自己房間睡覺，並思考著完全被當作空氣的自己存在的意義。空太的空，難道指的是空氣的空嗎……如果真是這樣，非得揍老爸一頓不可了。

隔天早上，空太對於昨天自己的判斷感到後悔。打開房門，真白還繼續坐在桌前作畫。剛露出臉來的陽光照在真白纖細的身上，形成一股神祕的氣場。而她的眼睛下方則浮現了熬夜而顯得疲憊的黑眼圈。

就算跟她說話也沒用，空太只好半強迫地將她拉離桌前，並把她帶到學校去。當然，真白在這種狀態下也不可能好好上課。每當下課時間空太到美術科教室去時，就會看到真白光明正大地趴在桌上睡覺。據美術科的同學說，她在上課中也像這樣呈現睡翻了的狀態，不論老師說什麼她都沒有醒過來。

看樣子放學後也是一堆麻煩事在等著吧。空太正準備放學時，沒想到真白倒是自己過來了。額頭上有著紅色的痕跡，連頭髮都睡到亂翹，但真白毫不在意，只是抓著他的皮帶要他快點帶她回家。

多虧如此，來自班上同學帶著誤解的視線進行砲火攻擊，空太連解釋的機會都沒有就被擊沉了。

回到櫻花莊，真白的創作開關迅速切換，窩在房間裡埋首執筆漫畫，當然也沒說半句慰勞空太的話。

似乎一天至少會畫出一份草稿，再送去給責任編輯，當天就以電話商討草稿好壞。

隨著日子一天天過去，列印出來而未被採用的草稿散落一地。為了整理這些，空太定期出現在真白的房間裡。真白的草稿就像是完成稿般的高度精緻作品，尤其是人物全都以實線畫出來，完全沒有任何粗糙的部分。

貼在牆上的月曆，六月三十日那天被用紅字寫上「新人獎截稿日」，考慮到現在已經過了六月中旬，應該要更注意效率。一般來說，現在早就是草稿獲得責任編輯認同的時候了。

即使在這樣的情況下，真白看來也不打算在作畫的練習上偷懶。

「現在先大概畫一下不就好了嗎？」

空太心想反正也得不到回應，仍然這麼問道。

「繪畫的練習是必要的，不管是現在或以後都一樣。」

真白頭也不回地簡短回答。

之後不管說什麼，她都沒有回應了。

像這樣對漫畫死心眼的真白，開始會到空太這裡來留下意義不明的話。明明完全無視空太說的話，卻又老是單方面傳達自己的事。

最早是發生在空太與美咲進行遊戲對戰時。

「空太，我回房間去了。」

真白走過來這麼說道，就真的上二樓去了。一回合結束後回過頭去，人已經不見了。完全搞不懂她到底想說什麼。

「學弟，剛剛那是怎麼回事？」

「天曉得？」

隔天則是在空太正想睡覺的時候，特地跑到房間來說：

「空太，我要去洗澡。」

「喔，快去吧。」

隔了一天，真白又有了這樣的發言：

「空太，我要上廁所。」

害得空太把果汁給噴了出來。

「椎名妳到底想要幹嘛！」

「要我全部說出來的明明是空太。」

「不是那種意思的全部！」

在賓館騷動的時候，空太確實這麼說過。話是這麼說，但並不是要她連日常生活所有行動都一一報告。

「刷牙呢？」

「不用說！」

「換衣服呢？」

「自己換就好了！」

「……空太真是難以理解。」

「妳今天又更麻煩了！比起跟我媽說明越位犯規還要麻煩！」

「越位犯規？」

「不用對這有興趣！」

真白噘起嘴，控訴著不滿。

「草稿通過了的事也不用說嗎？」

「那當然要說！」

「草稿通過了。」

「喔、喔，恭喜妳了。」

「謝謝。」

因為像這樣沒傳達到有用的情報也令人不高興，結果還是讓真白從頭到尾全部說了一遍。

雖然連她的好朋友都被告知時，很想死了算了，但其他的基本上都還可以忍受。

「越位犯規是什麼？」

「我不是說了這不用知道了嗎！」

距離截稿日還有九天。這段期間真白要畫三十二頁。在完成之前，對真白的管教就先暫時放一邊。當然，也沒說明什麼是越位犯規。

這樣下定決心後，很快地一週過去了，今天已經是六月二十九日。

洗完澡回到寢室時，一如往常非法入侵的美咲，穿著一身小短褲及T恤的輕鬆打扮，已經在電視前布好陣打著電動。那是單人用的RPG。遊戲時間已經超過三十個小時，現在正在攻略最後的地圖。盡可能避開雜魚，也不與街上的角色對話，絕對不走支線劇情，這正是美咲的玩法。每次玩RPG時，都會以極低的等級進行著遊戲。果然，這次也誕生出在最後階段連雜魚都打不贏的軟弱隊伍。

不斷重新挑戰、繼續玩的姿態，儼然就是個挑戰者。

「妳還是提高等級比較快吧。」

「為了這種雜魚需要變強的話，我不如切腹算了！」

「喔，這樣嗎？」

以現在的等級，其實那些雜魚還比較強……

「這個問題先擺一邊，我有個想看看的遊戲，可以請妳把那邊讓出來嗎？」

完全不看空太，美咲漂亮地避開一定會出現的雜魚，繼續在迷宮裡前進。

「不理我嗎？這樣啊……」

話說回來，真是厲害的迴避技巧。

「不過這並不是這樣玩的遊戲吧。」

「太嫩了，你太天真了，學弟！怎麼玩遊戲就代表怎麼生存！我對於已經鋪好的軌道沒有興趣！道路就是要靠自己去開創才有價值！」

「請不要玩個遊戲就拿來論述人生。」

說著，美咲已經來到了最終頭目的迴廊。只要再躲過一個雜魚集團就可以到達最終頭目的關卡。以現在美咲的最大ＨＰ值，只要吃一記最終頭目的全體攻擊就會全滅。攻擊會造成三〇〇〇的傷害，但美咲最大的ＨＰ值只剩不到二〇〇〇，等級不夠二十。而且最終頭目有第二形態，再加上全體攻擊有毒與石化的作用，所以更是悲慘。

毫不知情的美咲，突破了最後的雜魚群。到達最終頭目前的儲存點。她鬆了口氣，打開儲存畫面。就在這一瞬間，畫面轉黑，緊接著一秒的沉默。之後，畫面上出現了遊戲的ＬＯＧＯ。

「這是怎麼回事啊！」

空太與美咲確認了一下遊樂器主機，原來是花色貓木靈對電源鍵使出了貓拳。

在這緊要關頭沒想到會因為貓而重來。不易上手正是賣點的這個遊戲，中途沒有儲存點，只能從迷宮入口從頭來過。

連美咲都忍不住往後倒下，好一段時間都像失了魂般一動也不動。

「我的兩個小時就這樣化為烏有了。已經不行了～連魂魄都給打碎了。已經超越心碎，是魂碎了。什麼都不想做了……」

「我能理解妳的心情。」

空太也常因為貓而重玩。抱起木靈時，牠還露出一副驕傲的神情。

「唉～～」

美咲難得地嘆了氣。

「我說學弟啊……」

「妳又想說什麼奇怪的話了嗎？」

「公主因為詛咒而變成狗的構想，讓人感到無止盡的色情呢。」

「果然，妳又在說什麼了！」

「『哇哈哈！把妳變成狗吧！』『不管你對我做什麼，我都不會屈服的！』『就讓我看看妳的氣勢能維持到什麼時候吧！來吧，變成狗！』『啊啊啊……』就這樣，公主變成了狗！」

「真是頗日式的詛咒魔法名稱呢。」

「『變成狗的感覺如何啊？』『嗚～～』『變成狗就要像條狗般汪汪叫！』『……汪、汪……汪……』『握手！』『汪！』『坐下。』『汪！』『好孩子，就讓我照顧妳一輩子吧。哇哈哈哈……』『嗚……』的感覺！你看，很色情吧！什麼看得到內褲，或者沒有穿內褲，這已經超越那種次元了！這才是真正的色情！這就叫作伊甸園！」

「妳最好被伊甸園告算了！」

這時候，美咲又嘆了口氣。剛剛那種奇怪的興奮感也消失無蹤。

「果然還是不行呢～～不管是打電動還是跟學弟聊天，都沒辦法鎮靜下來。」

「什麼東西？」

「我的飢渴沒辦法獲得慰藉。」

「又不是哪來的戰鬥狂。」

美咲雙手掩面。大概不是因為太刺眼，而是為了與埋藏在自己內心的感情對峙的關係。

「身體感覺好難受喔。」

美咲「唉～～」地嘆氣，令人覺得很性感。

「我想要做。人家已經受不了了，學弟！」

「這種事請去跟仁學長說！」

「說過啦～～」

「哇，不會吧？」

總覺得這樣也有問題。

「我每天都叫他趕快寫出劇本，也有傳簡訊給他！」

「啥？」

總覺得對話搭不太上。

「下次想做個三十分鐘……不對，想要痛快地做更長的時間。不知道能不能做電影呢～～啊～～真想試試看～～」

「……莫非妳是指動畫？」

「看到小真白就讓我燃燒了起來～～啊～～真想早點做呢～～！」

美咲在床上滾來滾去。

與空太的感想不一樣。老實說，看到真白就感到焦躁的心情，大概佔了九成。像美咲所說，受到她的觸發，率直地想做些什麼的想法則只有一成。但是空太自覺，不管是其中的哪一種感情，都會成為自己的原動力。

「學姊，妳如果不玩了，就把控制器還我。」

仰躺著伸出手的美咲，胸前銀色的飾品閃耀著。是小熊吉祥物形狀的可愛飾品。

空太接手控制器後，美咲很珍惜地把飾品收回胸前，雙手疊在上面。嘴角兩端微微上揚，露出幸福的微笑。

「那個飾品很可愛呢。」

美咲露出驚訝的表情，接著以戀愛中的少女表情害羞地點了點頭。不用問也知道那是仁送的生日禮物。賓館騷動事件的隔天起，那個飾品就在美咲胸前跳躍著，而那天所看到的眼淚已完全不見。至少在空太眼裡已經看不到。

空太面向螢幕畫面，操作著控制器，再次啟動遊戲機。從系統畫面連結上網路，購買下載了舊世代主機時所發售的動作益智遊戲。

完成了資料下載後，開始安裝至硬碟，大概花了三十秒。

接著回到系統畫面，啟動遊戲。

出現令人懷念的遊戲ＬＯＧＯ，接著切換到主選單畫面。畢竟已經是十年前發行的遊戲了，製圖實在很寒酸。不過，試著操作看看還是可以玩。雖然只是把同樣圖案擺在一起消去，但是卻有讓人欲罷不能的魅力。壓力與快感平衡得很好。

「啊，這個，那個是已經那個的遊戲吧？」

起身的美咲把臉湊近畫面。

「只說這個跟那個的，誰知道哪個是哪個啊。」

「什麼來著？就是一般人想出企劃，然後把它實際遊戲化的那個！叫什麼來著？趕快想起來吧～～！」

「『來做遊戲吧』。」

那是由遊戲公司主辦的挖掘新人創作者的企劃甄試活動。

不論是個人還是團體均可參加，總之就是覺得有趣的遊戲企劃書或者作品，只要獲得主辦單位評價合格，就能夠得到資助開發費、環境整備、人員之間的斡旋等龐大的支援，還可以親臨遊戲的開發。

由於販賣及宣傳也都由遊戲公司負責，所以可以省去分心於開發以外事務的麻煩。

審查門檻很高，雖然已經過了十年，但實際上獲得合格通知、得以開發遊戲且發售的主題少之又少。

也因為這樣，問世的作品中創下暢銷紀錄的遊戲便很多。其中一個就是空太下載的遊戲，而且製作出來的人，就是當時還是水明藝術大學學生的四人組。

這個遊戲軟體的銷售超過百萬，除了確立了「來做遊戲吧」招牌的地位以外，開發者全員各自獲得了一千萬圓的分紅獎金，成為當時的話題。

即使到現在，做著同樣夢想的人前仆後繼，競爭非常激烈。但是，在這十年內，遊戲業界的狀況有了很大的變化。隨著硬體性能強化，遊戲開發的大規模化、長期化以及昂貴的開發費用等問題，使得要創作出大熱賣的遊戲變得困難。

因此，「來做遊戲吧」的概念本身轉換了方向。不同於當初以包裝完整的遊戲進行販賣，現在已轉向能以短時間、低成本生產的擁有強烈非正式要素的內容，提供下載販賣。自始至終不變的就是，那依然是個以創新點子決勝負的環境。

「莫非學弟想做遊戲？」

美咲興致勃勃地靠過來，也因為這樣使得空太看不到畫面。

「學姊，妳礙到我了。」

「趕快說嘛～～你要做遊戲嗎？為什麼不告訴我啊？為什麼！為什麼，為什麼，為什麼～～！我跟學弟都已經是這種關係了！你對我只是玩玩而已嗎？」

手放在空太肩膀上的美咲，以質問男友劈腿般的氣勢，前後搖晃著空太。

「我看不到畫面了，學姊！」

「想要獲得解放的話，就趕快從實招來！告訴我嘛～～！」

「不要勒我的脖子！」

正與一副要把空太壓倒在床上的美咲激戰時，傳來了一道熟悉的聲音。

「空太。」

幾乎是被美咲抱住的狀態，空太回過頭去，發現真白就站在門口。看來從學校回來以後還沒換衣服，現在還穿著制服。

真白的目光，在緊貼著的空太與美咲身上來回。

「沒有啦。我們並不是正要做什麼或正在做什麼，完全不是那樣的！」

「……」

「真、真的啦。」

「……」

「不過反正妳大概也沒什麼特別的感覺吧……」

有些心不在焉的真白眼周顯露出疲備。儘管如此，她看來似乎還是感到很滿足的樣子，真是不可思議。

「學弟！中途罷手可是窩囊廢才會做的行為！你可要負起責任做到最後！」

「說什麼中途、要做不做的，還有責任什麼的，聽起來好像有別的特殊涵意！」

總之，先把美咲甩開。

即使知道不管空太跟誰黏在一起，真白都不可能在意，但是被絲毫不為所動的眼神直盯著，還是對心臟不好。

像松鼠般鼓著雙頰的美咲，視線往上地瞪著空太。

「學姊，請妳好歹也讀一下空氣（註：意指看時機、場合察言觀色）吧！」

「學弟，空氣是用來吸的！」

她很認真地這麼說。

用枕頭壓住美咲的臉來擊退她。她好像還在嗚嗚地說些什麼，不過空太當然是視若無睹。

「椎名妳怎麼了？應該是有什麼事吧？」

「完成了。」

這個時期會說「完成了」的東西只有一個。

「小真白，辛苦了～～！原稿借我看，借我看！」

空太正在腦中尋找得體的回話時，迅速復活的美咲已經撲向真白，漂亮地搶先一步。

「怎麼辦～～我開始緊張起來了！好期待喔！好期待喔！」

看來對空太要說的話已經完全失去興趣。

「呃，辛苦了。」

空太伸手扶起被美咲撲倒的真白，才終於說了這些遲來的話。

「嗯。」

站起身的真白拍了拍裙子上的灰塵。美咲還沒獲得真白的同意，就自己一個人衝到樓上，想要看真白的原稿。

「原稿可以給我看嗎？」

「不行。」

「編輯說的嗎？」

「不是。」

「那為什麼不能看？」

「我會覺得很不好意思。」

「騙人！」

「我沒騙你。」

「椎名不可能擁有害羞之類屬於人類的情感！」

「好過分。」

「妳才過分吧！」

「……你想看嗎？」

「嗯、嗯。」

「那可以讓你看看。」

真白移開視線，感覺好像會拿出別的東西來的樣子。

「跟我來。」

真白走出房間，空太在後頭跟上。

進入真白的房間後，真白要空太坐在大螢幕前。用舊了的墊子觸感，莫名地讓人意識到真白的存在，空太感到輕飄飄的，坐立不安，並默默地忍耐著。才剛說過要看又逃出去的話也很奇怪，要是表示不喜歡坐在椅子上，又好像是太過意識真白的存在一樣。

電腦開始喀啦喀啦地讀取硬碟，在空太還沒解除緊張之前，電腦早已先開啟了。

真白操作著繪圖板邊靠過來。空太為了維持不會觸碰到的距離而傾斜著身體。

自覺到這一點，又覺得自己真是悲慘。

空太還在和這樣的自己苦戰時，畫面已經顯示出真白的原稿了。

「好了。」

真白移開身子，空太把手伸向滑鼠。

「快點，快一點，學弟！」

多虧了壓在自己背上的美咲，抓住滑鼠的手指才得以停止顫抖。一頁一頁地往下拉，順著繼續讀下去。

畫得很好，已經不需要多餘的讚美了。大概是練習的成果吧，背景處理更突出，人物表現也變得更有魅力。

情感豐富且對話不多，容易閱讀。空太逐漸被畫作的力量給吸引。

只是看到一半，空太的手就停住了。

「喂，椎名。」

「什麼事？」

「總覺得在哪看過的樣子……」

「男孩子就像學弟，而女孩子很像小真白呢。」

「你太多心了。」

怎麼可能是多心了。不只是畫，內容也一樣。女高中生撿到了一位擁有身為畫家的才能，但卻缺乏常識，又是生活白癡的男孩子，雖然被他少根筋的行為舉止給耍得團團轉，卻還是認真地照顧他，並且逐漸被他的才能與人品吸引的故事。

除了男女生角色對調之外，這完全就是空太與真白的翻版。

如同美咲所說，畫得很像本人這點當然不好。一開始只是覺得刺癢般的不舒服，後來就越來越令人不愉快了。看到長得像自己的生活白癡，受到長得像真白的女孩子照顧的樣子，實在令人非常難以釋懷。尤其是女孩以洗小狗般的對待方式讓男孩淋浴的場景，實在是太過分了，讓人想大喊詐欺。

「而且，賓館那段怎麼了？」

空太繼續往下讀也沒看到個影子。

「草稿時就刪掉了。」

「為什麼？」

「是跟綾乃商量的結果。」

「那我裸體陪妳一個晚上的那段呢？」

「第三頁。」

「只有像對待小狗般的淋浴畫面，驚鴻一瞥而已吧！」

「以後我會改成貓的。」

「重點不在那裡！」

真白微微地陷入了思考，之後便動起桌上的記事本。啪啦啪啦地翻了幾頁後，像是發現了要找的筆記，直盯盯地看著空太。

「是綾乃的建議。」

「這個之前也有過吧。」

「我知道以椎名小姐而言──」

「嗯。」

「過度激烈的描寫，有可能會變得太隨便簡單──」

「嗯。」

「請不要用在故事的主軸，以空太與畫作來進攻吧。」

「原來如此……喂！為什麼會出現我的名字！」

「我把宿舍的事跟綾乃說了。」

「確實只有這個可能性。」

「綾乃說覺得很有趣。」

「她說的不是我，而是妳吧？」

「綾乃叫我把它做為題材。」

這個建議正中紅心，登場人物確實變得比較生動活潑，故事的節奏也比較有趣。跟之前看過描寫平淡的角色與愛情故事相比，顯然是眼前的作品比較好。簡直是天壤之別。

再加上以畫作來進攻的手段，也發揮了卓越的效果。

故事後段，男孩子所畫的畫，以在少女漫畫中少見的跨頁手法登場的瞬間，便讓人有電流流過全身般的感覺。不只是在虛構故事中會受到好評的等級，甚至就一幅畫作來看，也有著令人感受到其價值的魄力。真白能畫出真正的畫作，那原本就是她的本職。

「嗚哇～小真白，妳這根本就是犯規嘛～」

雖然美咲這麼說著，但她看來很高興。

慢慢讀到最後一頁，空太把手從滑鼠上移開。

「如何？」

「很有趣。」

「嗯，結構也很完整，一定能得獎的！」

空太也能想像未來的結果。雖然不知道新人獎會到什麼樣的水準，但實在沒辦法想像會有超越這個作品的業餘者。

想要回頭看看剛才感興趣的場景，空太以滑鼠移動頁面，這時電腦突然發出喀喀的奇怪聲響，運作變得很不穩定。畫面的移動極為遲鈍，之後便完全不動了。接著電腦立刻發出像是轉動時卡住硬物的刺耳聲音，畫面噗的一聲一片漆黑。

三個人都沒說話。

空太的背脊流下令人討厭的冷汗。

他戰戰兢兢地把手伸向電源。

檢查完記憶體，畫面依然不動。

「可能壞了吧～剛剛那是硬碟的聲音吧。」

美咲上前敲著鍵盤，打開了藍色背景的ＢＩＯＳ。因為全是英文所以不完全看得懂，不過這時跳出了表示找不到硬碟這個項目的英文字母。

「呃……到底是發生了什麼事啊？」

喉嚨感到異常乾渴。

「硬碟已經掛掉了。」

美咲也乾笑了起來。

「椎名，妳這個已經寄給編輯了嗎？」

「還沒。」

胃揪成了一團。

「這有其他備份嗎？」

「備份是指？」

「連備份是什麼都不知道啊！」

不知道是不是還搞不清楚狀況，真白依舊面無表情。

「意思是資料全沒了。」

才剛說完，真白便開始翻箱倒櫃，拿出了原稿用紙跟筆。

「喂，椎名？」

「我要再畫。」

「可是我記得截稿日是……」

「明天。」

「那怎麼可能來得及！」

「可是，沒有其他辦法了。」

「不，等一下，應該還有其他方法。」

真白已經努力到從臉上都能明顯看出疲態了，怎麼可以因為資料沒了就讓它化為泡影。而且，自己是最後一個碰電腦的人，更深刻地感覺到責任，受到責備反而還好一點。而真白卻打算重畫，明明一定會來不及。

「學姊，有沒有什麼辦法？」

「龍之介說不定能幫上什麼忙。」

「就是這個！」

美咲立刻飛奔離開房間，回來時身上帶著已經開機的迷你筆電。聊天功能已經開啟，龍之介正在線上，而且還在空太問話之前就已經先送來訊息。三人擠在一起看著小小的螢幕。

——沒有問題，備份我已經存好了。

「啊？」

空太跟美咲對看了一眼，美咲的臉上也充滿疑惑。這麼說來，並不是美咲告訴他的。那又是為什麼？真白一頭霧水地歪著頭。

——為什麼你會知道？為什麼會有備份？

——真是蠢問題。除了駭客還有其他可能嗎？

——這種事應該光明正大地說得一副很跩的樣子嗎！

——人家是駭客喔（笑）。

——更糟糕吧！而且你為什麼會知道這邊的狀況啊！

——這是一樣愚蠢的問題。除了竊聽還有其他可能嗎？

——都叫你不要那麼跩了！

——是竊聽的啦（羞）。

「這到底在開什麼玩笑！」

——放心吧。我一直都是非常認真的。

真的還能對話。

「那更糟吧！不要認真地竊聽！」

——沒有問題的。我只是在實驗竊聽這種行為的可能性而已，至於個人的對話則是完全沒有興趣。

「明明就是犯罪，居然還用上對下的口氣，也不先搞清楚自己的身分！」

——現在正在反省。

「你只是想這麼說而已吧！」

真白抓了抓空太襯衫的袖子。

「資料。」

「喔，對了。赤坂，你真的有原稿的資料吧？」

——櫻花莊的網路都是由我管理。我已經設定好了，不管是上井草學姊的動畫，或者是神田珍藏的照片及動畫，只要更新，伺服器就會自動備份。放心吧，我是不會有任何死角的。

「真希望你多少有點死角。」

——我把原稿資料放進USB隨身碟裡。就在房間前面。

龍之介說完就下線了。

「啊！等一下！竊聽器放在哪！」

美咲踩得腳步啪答作響地下樓。

才想著怎麼這麼快就回來，她的手上已經拿著隨身碟了。

「本來是抓住龍之介的好機會耶，結果他已經把門關上了。」

以迷你筆電確認隨身碟的內容，裡面真的有已經完成的原稿資料。

「這件事真的得感謝赤坂了……只是……」

「只是？」

「今天在找到竊聽器之前不能睡！」

這天，真白從美咲的電腦將原稿傳送給編輯。之後一直到黎明拂曉前，大家都在櫻花莊裡尋找竊聽器。中途，真白坐在樓梯上睡著了而脫隊，幾分鐘之後，美咲也對調查膩了，開始看起動畫網站。

不能放著在樓梯上熟睡的真白不管，空太試著叫醒她並說服她回房間裡睡，但她完全沒有要醒來的跡象。

「空太……謝謝。」

還會像這樣說出令人小鹿亂撞的夢話，想叫醒她卻又沒辦法，結果空太只好對真白做出人生第一次的公主抱。

更慘的是，現場還被千尋逮個正著，被她用手機拍了照片，使空太語無倫次、忙著辯解，真是可恥的經驗。

「你就暫時當我的僕人囉。」

「老師怎麼可以說僕人這種話！」

空太不斷地拜託她刪掉照片，結果當然完全沒用。

真白完全不知道空太的辛苦而在床上睡得香甜，空太盡情地欣賞了她的睡臉之後，便走出房間。想起自己平日的辛苦，就算得到這點甜頭應該也不會被抱怨吧。

只有一個人也得進行竊聽器的調查。

但是不管怎麼找，就連一個都找不到，空太只好放棄而以聊天室詢問龍之介。地點只有一處。而且居然是在空太的手機裡，真是遠在天邊近在眼前。

——你是什麼時候裝的？

——前幾天，你曾忘記帶手機到學校去吧？

確實有這麼一回事。因為空太平時也用手機代替手錶，所以因為那天覺得很不方便而記得這件事。

——你最好別忘了，白天沒人的櫻花莊都在我的統治之下。

——好樣的～～你給我站出來！

理所當然地，龍之介並沒有出來。

## 2

在畫完要參加新人獎的原稿之後，真白在七月剛開始的三天當中，就像洩了氣的氣球一樣完全沒了幹勁。早上起床、上學，然後回櫻花莊。不管在什麼時候都像是泡在溫泉裡的南美無尾大水鼠一般，茫然地眺望著不屬於這個世界的某個遠方，任憑時間流逝。也因為這樣，照顧起來就變得更麻煩了。

不過到了第四天，真白幹勁的引擎再度發動。隔天則已經恢復成平常那個熱衷於創作的椎名真白了。

那份熱情，確實地傳達到就在旁邊的空太身上。

所以全都是真白害的吧。空太想看遊戲開發者的部落格而打開了電腦，回過神時已經對龍之介提出了這樣的問題。

——要怎樣才能成為遊戲開發者？

空太對於畫面上自己所打的文字感到有些緊張。

今天是第一次將這種心情訴諸文字。

並不是有什麼明確的契機，不過是之前仁有提到罷了。只是感興趣，自己也有了自覺，這個想法開始逐漸在心中長大，又受到簡直就是創作欲望結合的真白影響，才又突然膨脹而已。

想要試試自己的能耐，這種心情在體內起了漩渦。空太想將這種不舒服的感覺趕走，便對龍之介丟了這個疑問。

過了一會兒，空太收到龍之介的回應。

——只要到遊戲公司擔任開發或企劃的工作，就可以這麼自稱。

——不，我問的不是職銜的意思，而是指本職。有什麼是可以從現在開始做的？

這時再度陷入沉默。過了大約三十秒，龍之介的回覆傳了過來。

——至少應該要學習程式語言，C語言是基本的。還有理解硬體知識、軟體動作基本構造等都有幫助。

——那些要怎麼學？

——自己念就可以了。我可以借你入門初學者的書。

——3Q。

——不用道謝。你問的問題內容在我的預想範圍內。

——什麼啊？

——我知道你把「來做遊戲吧」的網站加到我的最愛了。另外，你也會定期點閱開發者的部落格吧。要掌握神田的志向簡直易如反掌。

事到如今，不管龍之介說什麼都不會令人感到驚訝了。畢竟他是個會隨便備份別人電腦裡資料的男人。我的最愛之類的，根本就輕而易舉吧。

——還有從事除錯的打工機會也可以參考。雖然跟製作不一樣，但是能夠事先把握之後可能會發生的問題點也是好事。

——原來如此。

——我有認識的人在經營除錯的公司，要不要幫你問問？

——不用了，只要告訴我就行了，我再自己聯絡。

——這樣比較好。如果你想實際製作看看，也有「開發者家族」。

——這我知道。

「開發者家族」就是由硬體公司免費提供遊戲開發工具，提供任誰都能自己製作遊戲的環境。不只是製作，同時備有可以將已完成的遊戲上傳、提供給第三者玩，以及參加者之間交換意見的空間。

空太也曾經下載業餘者創作的遊戲來玩。有做得很好的遊戲，也有很爛的東西，品質的差異非常大。

——不過，如果不會寫程式，前面說的話就都白搭了。

——我知道這不是一蹴可及的事。我會先看看程式的書。

——了解。我已經把書放在房前了。

——真是眼明手快。

——剛開始都會在最前面的一個小時就想放棄吧，要撐過去才能理解。

——別說這種令人討厭的話。

對話到此打住，龍之介已經下線了。

空太馬上前往拿取放在房間外的書。原以為大概有兩、三本，沒想到卻有十倍以上之多。放在最上面的便條紙，寫著建議從最上面的書依序開始讀起。真是感謝龍之介。

空太帶回房間後，翻開最上面的一本書。跳過「編者的話」，直接閱讀寫著技術性知識的第一章。

「……完了，完全看不懂。」

跟一直以來在學校念的教科書也完全不同。書上寫的看來是想在畫面上顯示「Hello World」的文字，但這讓人不禁想問，那又怎樣？就算這樣繼續下去，怎麼想都不覺得能夠做出像平常玩的遊戲那種感覺。

「明天起再加油吧。」

別說是龍之介預言的一個小時了，空太才二十分鐘就已經受不了了。把書放回最上面，就在這時候響起了這個時間睽違幾個月的敲門聲。

如果是美咲，應該無須多說就直接開門進來了，真白也差不多是如此。這樣的話，只可能是仁或千尋。

「門沒鎖。」

空太對著門應聲。

緩緩打開的房門前，真白就站在那裡。

「啊……」

空太不禁張著嘴愣住了。

真白穿著浴衣。

這麼說來，美咲昨天好像有說些什麼的樣子。對了，七夕派對。想起來了，規定男孩子要穿甚平（註：一種日本傳統服裝，通常為男性或兒童在夏天所穿著的家居服），女孩子則要穿浴衣，還特地在櫻花莊會議上決議。

美咲昨天就已經將甚平及浴衣分給每個人，並且在院子裡種了約十公尺高的巨大竹子。與原本就有的櫻花樹及去年聖誕節種的樅樹並排在一起，醞釀出奇怪的季節感。從空太的房間窗戶可以看得很清楚。

真白穿著更加突顯纖細腰身的素色浴衣，手上晃盪著縮口布包。她盤起了頭髮，使平常不太常露出的白皙後頸更是顯眼，粉頸附近飄散著彷彿帶有香氣的性感。

真白不發一語，直盯著空太。

「怎、怎麼了？」

空太不由得想拚命壓抑住隨時會脫口而出「很適合妳」的衝動，並小心翼翼地裝出非常冷靜的態度。

「沒什麼……」

「這樣嗎？那妳找我有什麼事？」

「沒事。」

「那妳來幹嘛？」

「……」

不知道是不是錯覺，真白看來心情有些不好。她撫著掉落下來的瀏海，偷偷地瞄著空太。

總覺得跟平常的真白完全不一樣，但空太心想那一定全都因為浴衣的關係。

空太沉默之後對話就中斷了，兩人之間滿溢出不明朗的情感，混濁著空氣。

「小真白，結果如何？」

這時，帶著明亮的聲音、穿著紅色浴衣的美咲走了過來。美咲看了看空太與真白說：

「哎啊啊，不行嗎？」

而且一副已經諳知狀況的表情。

「最討厭學弟了！笨蛋！」

美咲莫名其妙地罵了空太，拉起真白的手準備走出去。

這時——

「笨蛋。」

真白也以耳語般的聲音這樣說了。

兩人的腳步聲很快地遠去。

被留下來的空太心想女人真是難以理解。他先讓電腦停止運作，為了甩開不舒服的感覺，也遲了一些地來到走廊上。

但是已經不見真白與美咲的蹤影。

「剛才那是怎麼回事啊？」

「大概是希望你會說好適合、好可愛、真讓人受不了、真想幫妳脫掉、真想模仿惡代官扯掉妳的浴衣腰帶（註：形容日本古代地方官員強擄民女、做盡壞事）之類的吧？」

開口說話的是靠在走廊牆壁上，一臉感到不耐煩的仁。深藍色的甚平非常適合他那修長的身型。

「你說的話裡面混雜著性騷擾的言詞喔。」

「可是如果由我來說，很多女孩子都會很開心。」

「那是因為是仁學長！」

「有意見的話，至少要自己動腦去想理由是什麼。」

仁露出淺淺的微笑，也往玄關方向走去。

「你也趕快去換衣服吧。」

「等、等一下，仁學長！那是什麼意思？」

仁沒有停下腳步，只是背對著空太揮揮手便走了。

「真是搞不懂。大家都太帶勁了吧。」

嘴上雖然這麼說著，但空太在換上美咲昨晚發放的甚平時，也自然而然地興奮了起來。他決定暫時忘掉剛才那種奇怪的感覺，好好地玩一玩。

空太換好衣服、走到院子時，美咲聚集了住在附近的十幾位小朋友，在竹子上綁上寫了願望的紙籤。

歡笑聲不斷，有人聊著彼此寫了些什麼；也有人保密不說，氣氛非常熱絡。

去年的聖誕節也有類似的光景。美咲很受小朋友的喜愛，總是被小孩子團團圍住。一定是因為精神年齡相近，所以才能相處得那麼融洽吧。畢竟她曾經在紙籤上寫著「想要發射光束」。只是，紙籤背面寫著小小的字「希望他能回過頭來看我」那惹人憐愛的願望，也讓空太的胸口感到刺痛。

早熟的幼稚園小朋友，把手伸向美咲豐滿的胸部。如果是大人這麼做，大概會被視為體罰，但美咲出手的拳頭卻惹來周圍大家的笑聲，真是不可思議。

仁以異常冷峻的眼神，從遠處看著這一幕。

「如果真的摸了，就不是鵲橋，而是要讓他過奈何橋了。」

「仁學長，那只不過是小朋友做的事。」

「喂，有沒有可能做到完全犯罪？」

「請不要一臉認真地開玩笑。」

「你在說什麼啊，空太？我可沒在開玩笑喔。」

「那還更糟！」

「哈哈，開玩笑的啦。」

但仁的眼睛卻完全沒在笑，現在也牢牢地監視著美咲。

「吶，這是你的。」

仁遞出來的是紙籤跟筆。

「願望啊……」

空太不經意地看到被排擠在小朋友之外的真白，一臉認真地正在紙籤上寫東西。

在後面的走廊上，千尋正暢飲著啤酒。跟著小朋友一起過來的媽媽們已經充滿了宴會氣氛。空太照顧的七隻貓，也在旁邊沾光被照料著。

美咲現在還跟小朋友們在竹子底下，脖子上的禮物正映著月光閃耀著。

「美咲學姊很高興呢。」

「嗯？喔。那就好。」

仰望著星星的仁，故意以蠻不在乎的口氣回答著。

看著他的側臉，總覺得現在應該可以問。

接續那天的話題。在賓館裡講電話時，因為時間而中斷的對話後續。

但在空太說話之前，仁先開口了。

「真抱歉。」

空太看著仁，不懂道歉的意思。

仁依然望著天空。

「之前拿『如果你搬出去，要幫你處理貓跟真白的事』來逼迫你。」

空太終於對上了仁的目光，有些不好意思、尷尬地笑了。

「仁學長沒有什麼好道歉的。」

「那天……剛好覺得心煩氣躁的。」

「發生什麼事了嗎？」

「正好剛被動畫公司製作人說中了要害。你也知道我的劇本被怎麼批評吧？網路上的評價也差不多。」

空太靜靜地點了點頭，沒有說話。

正因為程度的差異，所以才會評價美咲所製作動畫的劇本，總覺得少了些什麼。異常高水準的影像表現，使得劇本顯得粗糙。在批判的網站上，出現了許多表示動畫與劇本的程度完全不相稱，下次應該更換劇本家的聲浪。

「就那個人所說，我是美咲的負擔。雖然之前聽過不少感想，但被認識的人當面這樣說倒是頭一次。『故事很普通，角色很普通，台詞對話也不有趣。完全只是因為動畫做得好，畢竟不過是業餘者的創作。』都被說成那樣了，很難無動於衷。為了讓自己能夠迅速地重新站起來，我就忍不住想去傷害某人。」

「然後我就不知死活地走過來了。」

「沒錯，正好已經是搖搖欲墜、只要一拳就能擊倒的沙袋。」

「真過分。」

「看到比自己更沮喪的傢伙就覺得安心，這實在是很不成熟。我現在已經在反省了。」

「既然你都道歉了，那就……順便把上次的後續告訴我吧。」

「上次的……嗯，再裝傻就太沒道義了。」

仁無力地笑了笑。

這個姿態的仁就像一幅畫。

「為什麼美咲學姊不行呢？」

明明喜歡到會嫉妒小朋友，明明就那麼重視她，為什麼不選擇那一條路？

之前仁曾說過是因為會想傷害美咲。

然後自覺到這樣的理由，於是更加保持距離。

「才能這種東西，常會不自覺地將周遭的人捲入，然後弄得遍體鱗傷。越是靠近，越會被撕裂成碎片。」

「你指的是美咲學姊吧？」

仁以眼神示意肯定。

「我深刻地感受到我們所在的世界是不一樣的，她是跟自己不同的怪物。有些人就是生存在凡人絕對無法到達的高處，是我連看都看不到的天上世界。」

仁仰望著天。

「美咲就在那樣的世界裡。」

「……」

「所以，有時會想毀掉她。」

「那種事……」

「空太你呢？你又是哪一邊的人呢？」

雖然丟出疑問句，但仁的目光卻看著伸直了背、正在綁紙籤的真白。

真白轉頭看了空太。

空太看她穿浴衣的模樣看得入神，邊對仁說：

「美咲學姊完全不會在意才能或實力什麼的吧。」

「我也這麼覺得。但是除了放棄，我不知道還有什麼方法可以讓自己接受跟美咲之間的差距。只能做無意義的掙扎，直到我能抬頭挺胸地站在她身旁為止。」

「所以，現在就保持距離嗎？」

「你想說這是沒用的吧？我也知道。反正我也不會喜歡上美咲以外的人。」

「因為自己的感情不會改變，所以就跟許多女性交往、傷害美咲學姊，努力讓自己被討厭，這我實在無法理解。」

「既然你都知道就不要說出來。」

腦中回想起美咲寫在紙籤背面的願望。

「美咲學姊的心意是不會改變的。倒是仁學長有可能先被誰給捅了。」

「哈哈，說不定呢。」

「請不要再讓美咲學姊痛苦了。」

「你那麼喜歡美咲的話，就讓她幸福吧。」

「開玩笑的吧？」

仁沒回答，轉移到其他話題。

「除非我能夠站在那傢伙身邊，也不會感到自我厭惡……否則，我們兩個還是沒辦法繼續下去。」

無法開口問，有沒有這樣的可能。

因為不想聽到否定的答案。

話題一結束，仁就離開了。取而代之地，真白走了過來。

她一站到身邊，空太就突然覺得口渴了起來。

「空太寫了什麼？」

紙籤還是白紙一張。

「椎名妳呢？」

「不能說。」

真白別過臉去，仰望著竹子。

「妳就許願能得到新人獎吧。」

「沒必要。」

「喔，為什麼？」

「我要自己拿到。」

不是裝腔作勢，也不是逞強。清澈的雙眸，靜靜地訴說著靠努力證實的自信，再加上穿著浴衣，更使得看起來比平常清瘦的側臉，多了一份凜然的堅強。

「……妳真的很厲害。」

「什麼？」

「妳的自信。」

「是空太說很有趣的啊。」

「如果不行也不要怪我。」

「綾乃也說應該沒問題。」

「這樣嗎？」

「第一次、第二次沒有問題，最終評選就不太確定了。她說至少會獲得佳作，所以我相信可以。」

「什麼時候會知道結果？」

「十九日第一次初選結果會出來。」

「這個月十九日？」

真白表情沒變，點了點頭。

剩不到兩個禮拜。知道了以後，連空太都跟著坐立不安了起來。雖然說沒有問題，但在揭曉前誰也說不準。

往年參賽總數大約是七、八百件，分為大賞、金賞、銀賞各一件，佳作兩件。因為也有可能從缺，所以實際上得獎的經常是三、四個人。

真的是窄門。

所以，空太決定在紙籤上寫上希望真白能夠出道。稍後要掛在較高的竹子上，免得被真白發現。

不知道是不是在找自己的紙籤，真白站在空太身邊不斷地向上望。映照著月光的薄唇，吸引著空太的目光。想要一直注視著、想要伸手觸碰。

「什麼事？」

「不……」

就算撕裂了嘴也絕對說不出自己看得入神了這種話。為了掩飾自己噗通跳個不停的心跳，空太脫口而出其他不相關的話。

「椎名很適合浴衣。」

「……」

「……」

說的人與被說的人，一瞬間都頓了一下。

「沒、沒什麼別的意思啦！」

「嗯……」

自己竟然脫口而出這種話。為了隱藏真心話，卻說了其他真心話是怎麼回事？現在立刻就想挖個洞把自己埋進去，但是如果這樣就落跑可是醜上加醜。

「真的實現了。」

真白的聲音小到連空太都幾乎聽不到。

「嗯？」

「沒什麼。」

空太正想問清楚時，被千尋從背後襲擊。

「你給我等一下。」

就像揹著什麼一樣，醉鬼把全身重量壓了下來。

「嗚哇，老師渾身酒臭味！」

「你沒把志願調查的事給忘了吧？」

「放開我啦！」

「不過是碰到胸部而已，有什麼好興奮的啊？真是的。」

「哇，不要亂摸學生的屁股啦！我要告妳性騷擾！」

## 3

雖然氣象局已經宣告梅雨季結束，但仍持續著多雨的日子，到了接近七月底的時候，終於出現了像夏季的藍天。

在這期間，期末考結束了。為了發回來的答案卷而喜憂參半，也已經是過去的事了。

七月十九日星期一。今天因為正值海洋日（註：七月的第三個禮拜一）所以放假，正好也是結業式的前一日。事實上已經跟放暑假差不多，每個人滿腦子都想著快樂的長假。

往年的空太也是如此。

但是，今年有些不一樣。沒有其他事也沒任何預定行程，但一早起來就莫名地坐立難安。吃過午餐，接著吃了下午三點的點心，隨著時間的流逝，這種感覺就更加確實地高漲了起來。

為了分散注意力，空太早早就開始準備晚餐，但回過神來才發現手並沒有在動。

原因很清楚。因為今天是聯絡新人獎結果的日子。即使事前就獲得情報，知道第一次審查是遊刃有餘，但實際到了這一天，還是沒辦法保持冷靜。明明不是自己的事，卻不管做什麼都無法集中精神。

相反地，真白卻跟平常完全一樣。空太今早還是從書桌底下叫醒熟睡的她；她只要有時間就一直畫漫畫。

完全沒提到第一次審查的事。

她剛剛從房間走出來，現在則和美咲在飯廳裡餵食貓咪。不，餵食的只有美咲而已。因為貓完全不吃真白手上的飼料，七隻貓全都圍繞著美咲。

「多吃一點，將來要變成威風的老虎喔。」

真白毫不氣餒繼續挑戰著，但不論是小光、希望或是木靈，都甩頭把臉轉開。

「空太，你做了什麼？」

「為什麼扯到我這裡來！」

「空太的貓欺負我。」

「不要怪到我身上來！」

「我明明想讓牠們變成老虎的。」

「貓就算長大也不會變成老虎！只會變成肥貓而已！」

七隻貓平常就是跟人很親暱的性格，幾乎不會怕生。所以反倒是空太想知道，貓咪為何要躲避著真白。

之後真白還是繼續挑戰餵食貓咪，但始終沒有成功。

真白有些無精打采地坐到餐桌旁，接著手機立刻響了起來。那是原始設定的無機質鈴聲。是真白的手機。

「喂。」

真白以機械式的動作接起了電話。

空太下意識地確認了一下時間。下午六點十分。就時間點來看，應該是責任編輯打來的吧。或者應該說，從沒見過真白接編輯以外的人打來的電話。

連空太都彷彿被看不見的力量給束縛著。喉嚨突然乾渴了起來，腦袋裡想要逃脫出去的警報鈴聲大作。感覺好噁心，視線開始變得模糊。

而真白只是不斷回應著「好的。是的。」沒說出一句像話的話。表情也沒傳達出訊息，完全看不出所以然。這應該表示已經通過第一次審查了吧。

「非常謝謝妳。」

最後真白說完便結束了通話。

空太、美咲，還有七隻貓，大家全看著沉默不語的真白。

她握著手機的手垂了下來。

「她說落選了。」

真白的聲音聽起來好遙遠，彷彿說著外國的語言。腦袋不願理解那句話中的意思。

她從椅子上站起身。

「我回房間去了。」

只說了這句話，就拖著蹣跚的腳步走出飯廳。

「啊，小真白！」

美咲追著她的背影幾步後，回過頭來看著空太。

「學弟！」

美咲的聲音聽起來也好遙遠，腳步聲啪答啪答地逼近。美咲過來拉著空太的手，但身體卻無法動彈。

心中打漩的情感綑綁住空太，緊緊地束縛住，將他與外面的世界切割開來。

這是怎麼回事？怎麼會這樣？為什麼心中會有這樣的情感？

落選了。真白落選了。

原本想著希望她能通過、希望她能得獎。但是，現在自己心裡到底在想些什麼？這個身體會作何反應？

只知道自己的心跳隨著時間跳動，其他的什麼也聽不到。

在黑暗中嘲笑著。自己嘲笑自己。以醜陋的表情，手指著自己，捧腹嘲笑著。

終於受不了了，空太推開美咲跑走。目標並不是真白的房間，而是玄關。想要離開宿舍。急著想要衝出去。

「喂？空太？」

空太與脫下鞋子的仁擦身而過。什麼也說不出口，低著頭猛衝了出去。

不想被任何人看到、不想被任何人知道。

自己聽到真白落選的事，居然鬆了一口氣……

像是逃脫般不斷奔跑的空太，回過神來已經坐在兒童公園裡半埋在土裡的輪胎上。垂頭喪氣、茫然地望著準備回巢穴的螞蟻隊伍。

這樣不知持續了多久。

太陽已經下山了，街燈閃爍著。

自己一直以來都為真白加油。希望她能得獎，希望她的努力能有回報。

自己是這麼堅信著。

但是，剛剛那是怎麼回事？為什麼會對真白的落選感到安心呢？

沒想到居然會對別人的不幸感到高興，而且還是因為真白的落選而鬆了一口氣。真是醜陋不堪的人類。

「爛透了……」

空太摀著臉、低著頭。想哭，想要消失。想殺了這樣的自己。

「什麼東西爛透了？」

空太驚訝地抬起頭來，仁就站在旁邊的輪胎上。空太馬上把臉別開，不想被他看到這樣的自己。不想被他知道扭曲的自己，萬一被知道了，就無法再回櫻花莊了。

「請讓我一個人獨處。」

「你在說什麼耍酷的話啊。」

仁以輕鬆的口氣說完之後，便一屁股坐到輪胎上。雖然空太低著頭，但還是能夠感覺到仁的動作。

「美咲的動畫新作……你也看過了吧？」

空太沒說話，仁也沒有期望他的回答。

「評價很高。不過是五分鐘的動畫，就來了三件想要ＤＶＤ化的案子。真是令人討厭。」

「請讓我一個人獨處！」

「才公開三天已經突破百萬點閱數了。大家都很期待美咲的新作。」

「我說過了，仁學長！」

空太抬起頭來，發現仁正緊咬著嘴唇，直盯盯地瞪著前方。

「但是我……只有我一直希望她失敗。一直這麼希望。」

仁的拳頭顫抖著。

「我認真地希望這次能被批評得一文不值。」

「……仁學長。」

與平靜的口氣正好相反，仁的表情痛苦地扭曲著。現在的空太終於能夠了解，他是拚了命壓抑著黑暗混沌的感情。

「為了別人的成功而感到高興的傢伙，我是無法理解的。」

這麼說完而抬起頭的仁，有些勉強地笑了笑。

「真抱歉。總覺得能夠了解空太的心情。」

「我……」

「不用在意了。我想真白跟美咲大概無論如何也沒辦法理解吧。」

「……對不起。」

「什麼啊？」

仁發出聲音笑了起來，摸摸空太的頭，把頭髮抓得亂七八糟。

「要不要去吃碗拉麵再回家？我請客喔。」

「椎名……不知道要不要緊。」

站起身的仁什麼也沒說，就這樣準備直接走出兒童公園。

「雖然現在才擔心好像有些奇怪。」

空太是真心地想看到她獲獎開心的樣子。因為至少在這個時候，真白能為了自己而笑也說不定。這點很讓人期待。

「有什麼關係呢？不管哪一個都是真實的自己。這種事情……是不是沒有你想像中的那麼單純？」

沒辦法坦率地承認。即使如此，還是多虧了仁，心情上變得輕鬆多了。

# 4

昨天晚上，直到最後真白還是沒有走出房間。窩在鎖上門的房間裡，也沒吃飯，只是持續著沉默。

一直到結業式當天早上還是一樣。在跟平常一樣的時間叫她起床，門的另一頭卻絲毫沒有任何回應。

空太無可奈何，只好丟下真白出門去了。自從真白來了以後，這還是第一次自己一個人到學校，總覺得好像忘了什麼很重要的東西一樣，心情老是靜不下來。

結業式結束後，空太應同學的邀約去了卡拉ＯＫ，但是完全提不起勁來，不到三十分鐘就自己先離開了。之後就在商店街閒逛，漫無目的地繞到車站去，盡可能繞遠路回櫻花莊。

儘管如此，現在時間還只是下午三點多而已。今天依然是豔陽高照的酷熱天氣。

空太擦著汗邊脫鞋子時，穿著襯衣及迷你裙的美咲跑了過來。

「欸、欸，小真白還是沒走出房門一步呢。」

「就算跟我說這個也……」

「學弟是負責照顧真白的工作吧！」

如果能做什麼早就做了。

就是因為想不出能為她做什麼，所以才會束手無策。

「如果連飯都不吃就這樣窩在裡面是會死人的！小真白又那麼瘦！看起來就沒什麼體力的樣子！」

「我知道了。」

空太說完，衣服也沒換就走到二樓去了。

美咲大概是顧慮到他們兩人，所以沒有跟上去。

真白的房門彷彿拒絕著空太。

想要敲門的手停住了動作。

想要開口的嘴始終緊閉著。

到底該說些什麼好呢？無論在腦海中如何搜尋，空白的空間只是不斷擴大，始終找不出一句安慰的話。什麼也沒有，什麼都想不出來。

聽到落選消息的真白十分平靜。

但是，不可能不感到懊惱。努力到連睡覺時間都嫌浪費，而且也有勢在必得的自信。七夕的時候，也堅持要靠自己獲得勝利。

啊，原來是這樣。所以一定很懊惱，覺得非常不甘心。

越是拚了命投入，失敗時的反作用力越大。花費的時間、投入的情感，以及對成功的期待越是巨大，結果一切化為烏有的時候，就會反彈回來。

只有能背負這種風險的人，才能獲得挑戰的權利。如果只想到失敗時的情況，覺得是浪費時間、不想受到傷害、害怕認清現實、不想看到自己的極限、覺得很難看等，只會說這種煩人的話的人，不管過多久都不可能站上與真白相同的舞台。

如果放水，還能夠對自己辯解，是因為還沒盡全力。椎名真白連這條路都封鎖起來，努力奮戰到只能說全都是自己的錯，接受了說不定會被全盤否定的可能性。

並不是努力就一定會有回報。還有其他同樣拚命努力的傢伙，與這些人競爭、像瘋子般爭取得獎的人，正是真白的競爭對手。

這就是一個這樣的世界。

絕不是像大家一起牽著手抵達終點，那樣充滿虛偽的世界。能成為第一的就只有一個人。

只是從遠處觀望的空太找不到該說的話是理所當然的。旁觀者能說些什麼？擺出一副很懂的嘴臉，只說些膚淺的大道理，這種事當然做不到。最難看的就是那些嘲笑別人努力的人。

盡力了就夠了。

再嘗試就好了。

沒問題的，還有下次。

像這種廉價的話，絕對無法傳達給真白。

真白很清楚。即使別人什麼都不說，這種事情自己最清楚。瞭解痛楚的原因與價值，不可能跟空太分享。就連失敗的記憶，也都是屬於真白自己的東西。

放棄敲門的手顫抖著。

緊咬著牙。不這麼做的話，總覺得自己會沒出息地哭出來。

自己到底在做些什麼？就在旁邊看著真白，卻什麼也做不出來。不斷地尋找否定的理由，放棄採取行動。自己居然做了這麼浪費的事。

情感開始狂奔，止不住內心的痛楚。

知道了這些，當然沒辦法呆站著什麼都不做。

「……可惡，這種事只能做了再說了！」

空太說出口後，發現自己正在笑。

再也抑制不住痛楚。

待在這裡也不是辦法，什麼都不會有所改變。能傳達給真白的話語不在這裡，而是在內心最深處門的另外一頭。現在距離還很遙遠，但是不起跑的話，永遠抵達不了。

空太踹了地板，立刻加速衝下樓，跑回自己的房間，摸索著書包。找到的是志願調查表。

以因為興奮而顫抖不已的手，寫下想了無數次卻始終下不了筆的文字。

再把它塞回書包，接著衝出玄關。

「啊～～學弟！」

「我去學校！馬上就回來！」

跑進夕陽西下的校舍中，空太衝上二樓，沒敲門便用力地打開了教職員室的門。

受到驚嚇的幾位老師，發出了微小的叫聲。

其他人還沒開口，空太就抓了椅子轉過來，移動到正看著自己的千尋面前。

「你看起來真是悶熱。」

呼吸急促，制服的襯衫黏著肌膚，滴落的汗水弄濕了地板。

千尋一副不耐煩的樣子，把手伸了出來。

「你把志願調查表帶來了吧？」

空太總覺得很開心，不自覺地露出笑容。

「笑什麼笑，趕快拿出來。」

他把從書包裡拿出來的紙遞過去。

千尋只是瞥了一眼，就收到文書檔案裡去了。

「『還是升學』啊。嗯，至少是比『總之先』要好些。」

「謝謝。」

「不過以你現在的成績，是不可能直升媒體學部的內容設計學系的。」

「我會努力。」

空太慢慢地調整呼吸。

「現在開始提高成績不知道來不來得及。」

「不行的話，我就去參加入學考試。」

「喔。那你就好好加油吧。好，你可以走了。」

空太行了個禮，再度開始全力衝刺。

回到櫻花莊時，玄關擺著仁的鞋子。

飯廳裡傳出說話的聲音。大概是美咲與仁吧。

空太走上二樓，在真白房門前停下了腳步。

調整呼吸。渴望氧氣的身體，始終沉穩不下來。

汗水也啪答啪答地滴個不停。熱到快死了。即使如此，真白的事還是要先處理。現在腦袋裡只有這件事。

關著的房門，沉重地拒絕著空太。

但比起剛才看到的時候，不可思議地有變輕了的感覺。

空太以背貼著牆、兩腳伸直的姿勢，坐在房門的正對面。

「椎名？」

沒有回應。門還是持續著厚重的沉默。

「妳在睡覺嗎？」

如果是這樣，對她說話也沒意義，即使這麼問也不可能得到回應。對於自己的疏忽，空太淺淺地笑了。

「算了，都無所謂。」

現在會這麼覺得。不管她睡著了或者醒著，不管她會不會當一回事，或是能夠聽進去，這些都不重要。

「我在自言自語，妳不用回答沒關係。」

沒錯，自言自語也無所謂。

只是想要第一個告訴真白而已。

「雖然拖了很久，不過我終於把志願調查表繳出去了。完全是吊車尾。」

伸直的雙腿累積了疲勞，空太覺得很舒服。很久沒這樣盡全力奔跑了。不管對於什麼，全力以赴總是好事。

「我想念大學。為了自己的目標，就得好好念書。」

沒有反應。也許真白真的在睡覺吧。

「還有，我也想學習遊戲的製作。從以前開始就有興趣了，只是有點膽怯害怕。」

而且，對於專注地做事總抱持著抗拒的態度。

雖然明知這樣才是好的。是真白讓自己覺醒過來了。

「也想挑戰企劃甄試活動。我會這麼想，全都多虧椎名。」

空太靜靜地說出最後一句話。

「只是這樣……真抱歉，說了些奇怪的話。」

空太站起身來，看著真白的房門好一陣子。

並非有所期待，並不覺得自己剛剛說了什麼會讓真白有所回應的話。現在仍然一片空白，不過是剛站在起跑點而已。

即使如此，還是揮不去心中一絲的期待。

門沒有動靜。

這就是現實。

雖然很痛苦，但也沒有辦法。真白現在一定更加痛苦。

空太提起沉重的步伐準備離開。就在這時，真白的房門從裡頭緩緩地打開了。

呆立住的空太張著嘴一動也不動。因為映入眼簾的真白房間，跟想像中完全不一樣。

原本以為等待著他的會是昏暗。

腦中浮現的是真白在床上抱著膝蓋沮喪的模樣。

以為她哭腫的雙眼會映入眼簾，令人不忍卒睹。

但是，這樣膚淺的想像一個也沒猜中。

迎接空太的是一個全白的世界。

散落一地的衣服及內衣褲上，列印出來的草稿如雪片般堆積著，染得房間一片白。

草稿的數量不是一、兩件。看張數就知道，估計數量至少有二位數。全部都是空太沒看過的新東西。

真白就站在正中央。雖然空太已進入她的視野，她卻眺望著更遠方，眺望著明天。決定好下個目標，完全沒有受到挫折。下次要得獎，一定要拿到。清澄的雙眼如此訴說著。

說得也是。居然忘了最重要的事。住在櫻花莊２０２號室的可是椎名真白，是披著瀕臨絕種的弱小動物外皮的兇猛猙獰肉食野獸。靠著自己的腳站起來，靠自己的力量前進，靠自己的雙手抓住想要的東西。是已做好覺悟，只知道這種生存方式的野獸。

即使受了傷，不管幾次都會再爬起來。因為真白很清楚，只有不斷繼續努力，才能夠揮別懊惱。

「空太，我下次就會得到。」

「我知道。」

空太只能露出苦笑。跑得滿頭大汗，總覺得自己做了很厲害的事，但其實還差得遠了。跟椎名真白比起來，自己什麼都還沒做、什麼都還沒完成。在更高處還有真白在。

不想輸。

這樣的情感，突然在空太心中萌芽。

雖然還敷衍著自己「輸贏又算什麼」，但卻已經決定將這種情感珍惜地收藏在心中。說不定有一天真的能追上。不，是要追上。為了理解真白的喜悅與痛苦，一定要追上。為了能跟她以同高度的視線進行交談，一定要抵達現在覺得遙不可及的那個地方。

「空太。」

「幹嘛？」

這時，真白的肚子傳來讓人無力的聲音。

「我肚子好餓。」

「誰叫妳一整天都沒吃東西。」

真白癱坐在地上。

「喂、喂，妳還好吧？」

「……感覺還不錯。真是奇怪。」

「妳真的沒問題吧？」

空太避開草稿，移動到真白面前後蹲下。

真白的肚子再度發出聲音。

「空太，我要吃飯。」

「我知道了啦。」

正想站起來，真白的手機就響了。空太從草稿堆中將手機撈出來遞給真白。畫面上顯示著「綾乃」，責任編輯的名字。

真白以毫無感情的聲音接起電話。

「是的，是的」如此回答了幾次之後，真白的雙眸瞬間閃過驚訝的神情。

掛掉電話，真白的手臂無力地垂下來。

空太幫她關上手機。

「她說了什麼？」

目光在草稿堆中徘徊的真白，過了好一會兒才看著空太。筆直地看著，並眨了幾下眼睛。

「空太。」

聽來有些發愣地叫著。在空太還沒開口問「不要緊吧？」之前，真白便撲了過來。由於太過突然以至於無法接住，空太被真白的兩隻手臂挽住脖子，就這樣被撲倒了。

這樣的氣勢使紙張飛舞了起來，從空中落下。空太在緩緩流動的時間裡，一邊感受著真白的體溫，一邊看著這幅不可思議的景象。

真白的心跳傳了過來。

洗髮精夾雜著汗水的味道刺激著鼻子。

像是蓋著厚被子的舒服感覺，又伴隨著無所適從的緊張感。想發出聲音卻又沒辦法馬上說出話來。

之前雖然也有過類似的體驗，但那完全不能相提並論。因為現在空太已經意識到真白了。身體不可能沒有反應。

「……椎名？」

不自覺從嘴裡擠出來的，是已經叫慣了的名字。

空太到現在才發現，緊緊抱住自己的真白雙手，彷彿在忍耐著什麼似地微微顫抖著。是空太所不了解的顫抖，既不是因為恐懼也不是寒冷使然。當然，也不是因為懊悔……那麼，到底是為了什麼？人會顫抖還有什麼樣的原因？

「空太……」

「怎麼了？」

因為真白的聲音實在太細微了，空太拚命以溫柔的聲音回應。

「是綾乃打來的。」

「看來是這樣。」

「被罵了……」

「為什麼？」

「她叫我要接電話，把話聽到最後。」

空太確認一下真白的手機，有超過三十件以上綾乃的來電紀錄。在落選通知之後，莫非是有什麼急著要轉達的事？

「還有呢？」

「她告訴我被排除在甄選之外的理由了。」

聲音也在顫抖。空太想破頭也想不出原因。

「編輯說了什麼？」

「要刊載在下個月發售的雜誌。」

心臟激烈跳動到感覺疼痛。

「有人因為急病而原稿出現空窗，所以就代替……」

「這樣啊。」

雙手正吶喊著，想要緊緊抱住真白。

「因為編輯部的人判斷，如果是我的原稿，沒有得獎也可以。」

「什麼嘛……搞什麼啊，原來是這樣啊。」

所以才被排除在甄選之外，為的就是讓她能夠立刻出道。

「我沒聽到最後就把電話……」

「真是的，讓人虛驚一場的傢伙。」

「我好像有點奇怪……」

「為什麼？」

從真白微微混著鼻音的聲音就知道了，但還是想讓她把話說完，所以便這麼問了。

「明明很高興，卻掉眼淚了。」

「人類本來就是這個樣子。」

真白抬起身子，眼淚便從上面滴落下來。她的表情明明完全沒變，淚水卻不斷地從臉頰上滑落。

「恭喜妳。」

不知是不是發不出聲音，真白流著淚水，用力地點了好幾次頭。

現在就算了吧。直到淚滴停下為止，就讓她坐在自己的肚子上吧。空太正這麼想的時候，頭上突然響起連續的拉砲聲音。紙帶飛舞著，把真白染得一片白的房間點綴得五顏六色。

當然，會做這種事的只有一個人。

「小真白，恭喜妳出道了～～！」

「恭喜啦。」

「恭喜。」

但今天卻有三個人。美咲的兩邊，站著同樣手握拉砲的仁，以及不知道什麼時候已經回來的千尋。

空太維持仰躺的姿勢，用眼睛一個一個確認。

有股不祥的預感。

為什麼他們會在這麼湊巧的時機出現？為什麼能夠這麼明確地掌握到真白出道的事？甚至連拉砲都……

「那個……我有個疑問。」

六隻眼睛催促著「請說」。

「你們從哪邊開始偷聽的？」

「大概是『我在自言自語，妳不用回答沒關係』的部分吧？」

「那不就是一開始的地方嗎！」

糟透了……

光是回想就想死了算了。腦中閃過青春最盛時期的各種丟臉的台詞。

「『為了自己的目標，就得好好念書。』」

美咲則以莫名熱衷的態度，不斷在空太的傷口上灑鹽。

「拜託妳，別這樣！我會死的！真的會死人的！」

還想說些什麼的美咲，被仁給制止了。但是，他的嘴角明顯地在憋笑。

「啊～～真是讓我們看到了好東西。」

「也不准流露出溫暖的眼神！」

這樣還不如被言語調侃算了。

「所以我不是早說過了嗎？只要禁止宿舍裡的戀愛跟青春，你就沒必要嚐到這種痛苦的滋味了。」

「對於千尋老師的先見之明，只能脫帽致敬了。」

連乾笑都笑不出來，空太已經完全無力。

「那麼，我去買些材料回來。美咲妳先做料理的準備吧。」

「今天要盛大設宴囉～～慶祝小真白出道！」

美咲追過先走出去的仁，衝下樓梯。千尋則走在後面。

「啊～～三鷹，啤酒也麻煩你了。先來個六手吧。」

已經連吐槽她喝太多的力氣都沒有了。

空太請真白讓開，站了起來。

陪仁去買東西好了。空太心裡正這麼想著而準備走出房間時，發現真白也要跟上來，因而作罷。

「椎名妳先換衣服再說吧。」

空太把視線別開，制止了真白。雖說是在宿舍裡，但穿著睡衣還是太沒防備了。

空太走出房間關上門。

但是大約過了十秒，門從裡面打了開來。

「空太，要穿哪件衣服？」

真白似乎是先脫了褲子，白皙的雙腿出現在空太的視野中。隱藏在睡衣下襬，只差一點就會看到內褲，真不知該把目光往哪裡擺。

「要脫之前先說！」

空太不好意思地把臉別過去。

真白看著空太，然後低頭像在確認自己的樣子。接著退後半步，用雙手抓住睡衣的下襬，努力地往下拉想要遮住雙腿。微微向前傾的真白，以往上看的眼神盯著空太，露出像是害羞又像鬧彆扭的表情。

「趕快幫我選衣服。」

「咦？啊、喔喔。」

雖然因為真白意外的反應而有些慌張失措，不過空太還是從散落一地的衣服中，找到了黑色的細肩帶洋裝，便用手指著說：

「下面就隨便穿件白色的T恤吧！」

「內褲呢？」

「妳有穿著吧！」

「……」

真白邊把眼神別開邊輕輕地搖頭。

「妳該不會一起脫掉了吧！」

「快一點。」

真白的臉頰微微泛紅。

「那麼，就那件黑色蕾絲的好了！」

空太已經開始自暴自棄。

「我要換衣服了。」

「喔、喔。」

「不可以偷看。」

「誰要偷看啊！」

空太這麼說著，自己把門關上。

剛才那到底是怎麼回事啊？

從沒看過那樣的真白。不滿似地噘著嘴，還有別開的視線。染著淡紅色的白皙皮膚烙印在腦海裡揮之不去。該不會……是覺得害羞吧？不，不可能的。那個椎名真白居然會意識到其他人，而且還是空太，就算現在地球立刻毀滅也不會發生這種事，而且就連那天穿的內褲也會是空太準備的。但是，如果不是這樣，那麼剛才到底是怎麼回事？

心情實在無法平靜下來。為了讓變快的心跳恢復正常，空太趁著真白還沒出來之前，不斷地深呼吸。

過了五分鐘以上，換好衣服的真白終於走出來。連蓬亂的頭髮都意外地整理好了。

空太忍不住直直盯著真白的臉。

「什麼事？」

「不……」

剛才害羞的感覺已經從真白身上消失。這樣說來，那大概只是自己的錯覺吧。就當作是那樣，也算是為了自己好。

「喂，椎名。」

真白側臉回應著「什麼事？」

「再次恭喜妳了。」

「嗯……謝謝。」

總覺得莫名地不好意思，空太把臉別開。

「欸，空太。」

「嗯？」

「有事想拜託你。」

「祝賀出道的禮物拿來之類的？」

「叫我的名字。」

「椎名。」

「不是這個。」

「……喂。」

該不會是要直接稱呼「真白」吧？這也未免太過突然了。不過仔細想想，真白向來都是如此唐突。

「不，這實在是有些困難。」

「為什麼？」

「我沒直接叫過女孩子的名字。」

「你會直接叫美咲啊。」

「那個是外星人。」

「還有千尋。」

「那個是亞馬遜女戰士。」

「那我呢？」

「呃……那個……」

這樣就等於認同她是女孩子了。

「太不公平了。」

「好、好啦。下次我就會這樣叫了。」

「現在。」

把身體靠過來的真白看來並不打算退讓。距離太近的話，精神搞不好會崩壞。光是被直盯著，就覺得腦袋快萎靡了。

「叫我的名字。」

真白繼續靠過來，空太已經被逼到牆邊。自己真是太沒出息了。

空太為了避免被發現而靜靜地深呼吸。只是叫名字而已。如此而已。他一邊如此告訴自己，一邊壓抑住快要顫抖的聲音。

「……真白。」

在口中像喃喃自語般發出聲音。

「果然。」

「果然什麼？」

真白靜靜地閉上雙眼。

空太的心臟彷彿快要受不了般，噗通噗通地跳個不停。

「不能說。」

一如往常，真白的回答還是很冷淡。

開什麼玩笑。把人耍得團團轉之後，還一副那種態度。但是，空太並沒有說出追問的話。

不，是說不出口。

視線被奪走了，就連心也無法運作。

即使確定要出道也沒露出笑容的真白，在空太的面前開心地笑了。

光是這樣，所有的一切都無所謂了。

只是想要一直看著真白的笑容。心中如此希望的空太耳邊，從背後傳來隱忍住的笑聲。空太戰戰兢兢地回過頭去，仁、美咲以及千尋，正躲在樓梯邊看著這裡。

「太嫩了！真是太嫩了，空太！」

仁終於受不了，開始捧腹大笑了起來。

「真不該躲起來偷看。我受了很大的傷害呢，還以為會被凍死。」

明明不冷，千尋卻磨擦著身體。

站在中間的美咲抱著數量驚人的拉砲；仁幫忙拉繩子。

「吃我一記，學弟！」

還來不及大喊住手，拉砲的聲音連續響起，空太與真白被紙帶團團包圍。

「不是要去採買跟準備做料理嗎！」

「因為看了一下值班表，本週的採買是學弟，負責做菜的也是學弟嘛！」

「視情況幫個忙總可以吧！」

「這個跟那個是兩回事。」

千尋冷冷地說道。

「空太。」

空太因為被真白拉扯袖子而轉過頭去。

「採買由我去。」

「那還不如我去就好了！」

今天的櫻花莊依然熱鬧。

不是什麼大不了的事，因為在這裡是理所當然的。

又多了一個快樂的回憶。明天一定也會發生些什麼吧？後天也是。一個禮拜後、一個月後，奇怪的每一天還是會一直持續下去。

因為，空太所居住的這個地方可是櫻花莊。

# 後記

初次見面的各位，初次見面。

好久不見的各位，好久不見了。

隨著新年的到來，呈現給各位新的系列作品。

雖然想趕緊敘述自己今年的抱負，但是寫後記的時候還沒過年……其實還是十一月。別說是新年了，就連聖誕節的氣氛都還感覺不到，而且大衣也還沒拿出來……

要是這麼早就寫出「明年要～～」之類的話，一定會笑破鬼怪的肚皮吧。被素昧平生的鬼怪恥笑，未免也太令人生氣，所以我決定先不多說了。

撇開這個不談，各位對《櫻花莊的寵物女孩》有何感想？如果能讓各位樂在其中，那是我的榮幸。

這一次，並非在宇宙發生戰爭，也不是使用了不可思議的力量進行戰鬥。既沒有發生殺人事件，也沒從天上掉下女孩子。不會從眼睛射出光束，也沒有拯救世界，在那之前當然也沒發生危機。

那麼是怎麼回事？

故事內容只是描述非常非常普通……雖然也不能這麼說，就是年輕人之間，享受著年輕人鬧劇般的生活。大概吧。

故事的發想在很久以前就大致想到，並列入「總有一天想寫的故事清單」當中。而這次剛好有這個機會，能夠將它寫成作品，實在是無比開心。

最後，我要由衷感謝在執筆本書期間，協助我做各項調查的各位。託各位的福，才能順利將本書呈現給大家。

感謝溝口ケージ老師提供這麼棒的插圖，同時也要向荒木責編致上謝意。

那麼，相信下集還能跟大家見面。

鴨志田一

# 大小姐×執事 1~4 待續

Kadokawa Fantastic Novels

作者：上月司　插畫：むにゅう

## 眞・貴族淑女 VS 假・極惡執事!?
## 充滿大小姐與女僕的校園生活熱鬧進行中！

「秋晴，我們去約會吧？」黑心青梅竹馬語出驚人，她終於要發揮真本領了嗎!?自稱秋晴妻子的少女也參了一腳，「不良少年」的真相即將揭曉!?在白麗陵掀起一陣風波的神秘的美少女女僕又是什麼來頭？手忙腳亂的夏天還沒有結束！

各NT$180/HK$50

台湾角川

Kadokawa Light Novels

# 蘿球社！ 1~4 待續

作者：蒼山サグ　插畫：てぃんくる

Kadokawa Fantastic Novels

**就算被充滿煩惱的少女們給耍得團團轉，**
**依然還是充滿活力的青春運動喜劇第四集！**

進入暑假，將要首次跟其他學校的女子迷你籃球社比賽的智花等人難掩興奮情緒。而且對手是經常打進縣內大賽的強校，因此昴也打算以少女們的真正教練身分多學一點東西，然而……對方的惡劣對待，讓一行人突然被迫開始等同於野外露營的生活──

各 NT$180~200/HK$50~55

台湾角川

國家圖書館出版品預行編目資料

櫻花莊的寵物女孩 / 鴨志田一作； 一二三譯. ——
初版. —— 臺北市 : 臺灣國際角川, 2010.09
　冊；　公分. —— (Kadokawa fantastic novels)

譯自 : さくら荘のペットな彼女
ISBN 978-986-237-822-9(平裝)

861.57　　　　　　　　　　　99014691

Kadokawa
Fantastic
Novels

# 櫻花莊的寵物女孩 1

（原著名：さくら荘のペットな彼女 1）

2010年11月30日 初版第1刷發行
2021年6月28日 初版第15刷發行

作者：鴨志田一
插畫：溝口ケージ
日版設計：T
譯者：一二三

發行人：岩崎剛人
總編輯：蔡佩芬
編輯：孫千棻
美術設計：吳佳昫
印務：李明修（主任）、張加恩（主任）、張凱棋

發行所：台灣角川股份有限公司
地址：105台北市光復北路11巷44號5樓
電話：（02）2747-2433
傳真：（02）2747-2558
網址：http://www.kadokawa.com.tw
劃撥帳戶：台灣角川股份有限公司
劃撥帳號：19487412
法律顧問：有澤法律事務所
製版：巨茂科技印刷有限公司
ISBN：978-986-237-822-9